당신의 인생책은
무엇인가요

당신의 인생책은 무엇인가요

길을 잃은 교사들이 원픽한 나의 인생책

초 판 1쇄 2024년 05월 27일

지은이 제이, 임의현, 홍성길, 이주현, 강경웅, 김효민, 나유빈, 민유진, 박은경, 박훈형
펴낸이 류종렬

펴낸곳 미다스북스
본부장 임종익
편집장 이다경, 김가영
디자인 윤가희, 임인영
책임진행 이예나, 김요섭, 안채원, 임윤정

등록 2001년 3월 21일 제2001-000040호
주소 서울시 마포구 양화로 133 서교타워 711호
전화 02) 322-7802~3
팩스 02) 6007-1845
블로그 http://blog.naver.com/midasbooks
전자주소 midasbooks@hanmail.net
페이스북 https://www.facebook.com/midasbooks425
인스타그램 https://www.instagram.com/midasbooks

ISBN 979-11-6910-652-8 03810

값 17,000원

당신의 인생책은 무엇인가요

길을 잃은
교사들이 원픽한
나의 인생책

제 이
임의현
홍성길
이주현
강경웅
김효민
나유빈
민유진
박은경
박훈형

미다스북스

프롤로그

2023년 여름의 서이초 교사 사건은 우리를 매우 우울하게 했다.
교단의 현실을 몸으로 느끼며 가슴 아파했다.
이제 교사는 어떤 상황에서도 우리 반 아이들을 잘 키우기 위해,
또 자신을 지키기 위해 스스로 강인한 내면의 힘을 갖추어야 함을 절감했다.

거기에다가 우리는 제각각의 문제를 안고 고민한다.
때로는 그 해결을 위한 방법의 하나로 책을 펼친다.
이렇게 마주한 책 속에서 답을 찾기도 하고 위로와 용기를 얻기도 하며
마침내 나만의 인생책을 찾기에 이른다.
'어떤 책이 내 마음을 울릴 수 있을까.'
'어떤 책이 내게 깨달음을 줄 수 있을까.'

특히 나만의 인생책은 반려책인 만큼 두고두고 나에게 힘을 주고
희망과 격려의 에너지를 주는 책을 찾게 된다.

이 책은
가장 감명 깊은 책을 찾아 인상 깊은 단어와 문장을 골라 읽으며
자신의 내면을 성찰하는 과정을 담아낸 글모음이다.
독서 모임 지도자와 10여 명의 교사들이 함께 공부하며
사랑에 관한 내용, 인생에 대한 내용, 행복에 대한 내용 등 다양한 주제로
각자의 마음을 울렸던 인생책의 감동과 느낌을 나누며 즐거이 풀어냈다.
독자들께서는 이 책으로 부디 교사들의 마음을 알아주었으면 한다.

2024.3.28 저자 일동

추천사

아직 봄은 오지 않았다.

더러는 솔바람이 솔솔 불어오지만

밖은 옷깃을 올려야 한다.

예전에 우리가 온 몸을 던져 사랑했던 아이들은

지금 어디로 갔을까.

작금의 교육 현장을 보면

애정 결핍 증상의 아이들과 학부모들이 더러 보인다.

몇몇은 상처를 주고받으며 고통 속에 몸부림친다.

그렇다 해도, 아니 그렇기에
하루하루 내 정성을 담아 아이들을 예쁘게 길러 내는
교육 전문가로서의 길을 그리 쉽게 포기할 수 없다.

공부를 하고 책을 읽고 자기계발을 하는 교사들이 있다.
이 분들의 교실은 활기차고 진실하며 사랑스런 아이들로 가득하다.
아니 그렇게 되도록 만들어 가고 있다.
이렇게 최선을 다하는 선생님들이 계시기에
우리 교육계의 앞날은 밝다.

늘 읽고 쓰는 사람은 지혜로운 인생 경영이 가능해진다.
오늘도 독서 모임과 책 쓰기에 열중한 선생님들께 박수를 보낸다.

2024.2.29

독서 모임 지도자 이주현 작가

0.

길을 잃은 교사들이 찾은 나의 인생책

1.

내가 교사일 수 있게 한 책

– 교사들은 어떻게 살아야 하나?

더 나은 교사가 되기 위해 수많은 노력을 기울이며
다양한 방법을 찾아보았지만 결코 쉽지 않았다.

고민 끝에 펼쳤던 책 속에서 가장 필요했던 방법을 만날 수 있었다.

운명에 인생을 맡기는 것이 아니라 내 삶을 스스로 살아가는 법을 알려 준 책이다. (제이 선생님)

교실에서 고군분투하는 교사들! 그래도 교육을 위해 헌신하고 싶다고 다짐하게 한 책이다. (제이 선생님)

인생의 나침반이 되는 말들의 모음. 어디로 가야 할 지 모를 때 들춰 보면 반드시 답을 준다. (임의현 선생님)

세계가 불합리할 때 나는 눈감을 것인가? 세계 시민으로서 인간답게 사는 법을 깨닫게 한다. (임의현 선생님)

우리는 언젠가 자연으로 돌아간다. 자연에서 멀어질수록 잃어버리는 소중한 영혼의 가치. (임의현 선생님)

원하는 현실로 갈아타는 마음의 비밀. 생각을 긍정으로 바꾸는 데 큰 도움을 준 책이다. (이주현 선생님)

지금까지의 나의 삶을 돌아보고 주체적인 삶을 살아가는 데 가이드북이 되는 책이다. (홍성길 선생님)

기록을 해야 하는 이유, 기록하는 법 등 기록에 관한 A to Z까지 알려 준 책이다. (홍성길 선생님)

2.

나를 강하게 만드는 마음의 비밀

– 소중한 내 인생, 어떻게 살 것인가!

나도 교사이기 전에 한 사람이다.
매일을 켜켜이 쌓아 소중한 인생을 만들고 싶었다.

그런 나에게 인생 노하우를 알려 준 것은
이번에도 역시 '책'이다.

소유하는 삶을 살 것인가, 존재하는 삶을 살 것인가에 곰곰이 생각해 볼 수 있는 기회가 되는 작품. 존재를 바탕으로 세상과 삶을 바라보는 데 큰 영향을 준 책이다. (강경웅 선생님)

어느 양치기의 여행을 통해 진정한 자아 탐색이란 무엇인지 묻고 있는 작품. 삶에 있어서 '꿈'이란 나만의 이정표를 갖고 어떻게 살아갈지에 영향을 준 책이다. (강경웅 선생님)

'열심히' 하는 것이 최선일까? 건강한 자기계발에 대한 이야기를 담은 책. 하루하루 자신을 다듬어가는 방법을 소개한다. (김효민 선생님)

실패와 역경을 딛고 일어난 사람들은 어떤 사람들일까? 재능이 아닌 그릿이 인생을 좌우한다. (김효민 선생님)

세계적으로 성공한 사람들의 비법을 단 한 권에 모았다. (나유빈 선생님)

게으름으로 물적, 심적으로 피폐해지는 나를 위한 처방 약이다. (나유빈 선생님)

무엇을 선택해도 결국 모순인 우리의 인생에 대해 성찰하게 해 준 책이다. (민유진 선생님)

중요하지 않은 것에는 과감히 신경을 끄라! 인생의 우선순위를 알게 해 준 책이다. (민유진 선생님)

3.

새로운 나를 만드는 힘을 키워 준 책

– 진정한 사랑과 행복이 삶을 만든다!

과거의 나를 벗어나
이전과 다른 새로운 나를 만나고 싶었다.

다들 전부라고 이야기하는 사랑에서
진정한 나의 존재와 행복을 찾을 수 있었다.

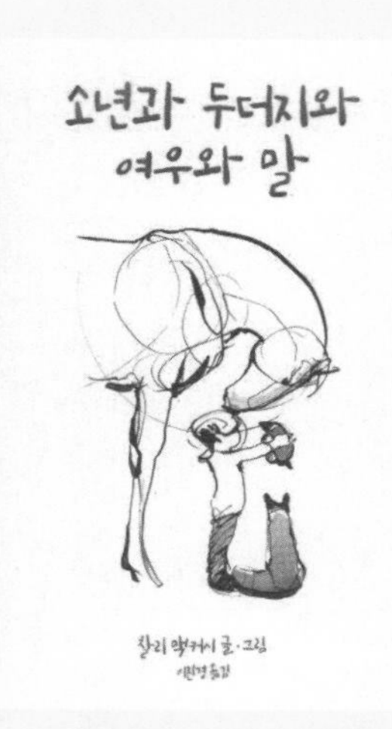

'잘 살고 있는가?'라는 의구심이 들 때 보는 책. 삶이 아무리 초라해도 이런 친구들이 곁에 있다면 무적(無敵). (박은경 선생님)

네 남녀의 사랑을 통해 보는 인간 존재의 본질. 존재의 무게를 결정하는 것은 무엇인가! (박은경 선생님)

나를 갉아먹지 않는 사랑을 알게 해 주어 올바르게, 진짜 사랑을 할 수 있게 해 준 책이다. (박훈형 선생님)

가장 불행하다고 느꼈던 순간, 나의 행복은 무엇인지 돌아보게 하고 깨달을 수 있게 만든 책이다. (박훈형 선생님)

목차

3. 홍성길 선생님의 인생책

4. 이주현 선생님의 인생책

5. 강경웅 선생님의 인생책

6. 김효민 선생님의 인생책

7. 나유빈 선생님의 인생책

8 민유진 선생님의 인생책

9. 박은경 선생님의 인생책

10. 박훈형 선생님의 인생책

부록

1.

제이 선생님의 인생책

1) 프레이리의 교사론

- 가르치는 이들이여, 절대 움츠러들지 마세요!

2) 죽음의 수용소에서

- 당신은 계속 그렇게 어정쩡하게 살 건가요?

1) 프레이리의 교사론

- 가르치는 이들이여, 절대 움츠러들지 마세요! -

교육계는 흔들리고 있다

지난 2023년 여름에는 큰 이슈가 있었다. 서이초에서 막내 선생님의 죽음으로 많은 교사가 충격을 받았다. 어쩌면 이전부터 흔들리고 있었는지도 모른다. 그걸 애써 숨기며 숙명이라고 생각하며 혼자 감내해 오던 것이 정답이 아니었음이 드러난 순간, 낮은 보수와 민원에 시달리던 유능한 교사들은 보란 듯이 교직을 떠나거나, 조용히 떠날 준비를 하고 있다. 남아 있는 교사들은 뒤숭숭한 분위기에 불안해하면서도 비관적인 기류 속에서 자신과의 싸움을 하고 있다.

교사라는 직업은 명예롭던 과거의 인식과 달리 이제 사회의 멸시와 동정 어린 시선을 받고 있다. 최근의 상황은 학교에 돌봄을 떠넘기려는 정부 정책까지 더해져 이게 교육인지 돌봄인지 헷갈리는 혼란을 감당해야 해서 더 힘들다. 돈이라도 더 많이 받았으면 하는 말은 많은 교사들이 해가 바뀔 때마다 입에 올리는 한숨 섞인 자조이다. 교사는 사회적 지위가 있지 않냐고? 2012년경부터 시작된 학생 인권의 신장 정책으로 교권과 학생 인권이 충돌하며 어느새 교사의 권위는 바닥에 떨어졌다. 교사는 안정적이고 괜찮은 직업이라는 사회적 인식마저 이젠 사라진 상황이다. 이젠 주변 사람들도 '괜찮지 않은', '안쓰러운' 직업이라고 한다. 이런 상황에서 교사가 나라의 백년대계라고 하는 교육 활동에 안정적인 정서로 임할 수 있을까?

"교사들의 투쟁에 있어 없어서는 안 되는 것이 있습니다. 바로 교사의 과업이 지닌 숭고함과 중요성에 대한 인식입니다."

"교사가 아이를 돌보는 부모와 같은 역할을 묵시적으로 수용하면 할수록 사회는 교직의 전문성을 부각시키려는 교사의 저항을 부적절한 행위로 간주하며 보모 같은 역할을 더 잘 수행하기를 요구할 것입니다."**(파울루 프레이리, 『프레이리의 교사론』, 오트르랩, 80~82쪽)**

프레이리가 10년도 전에 쓴 이 글은 마음속 불씨를 벅차오르게 했다. 특히 현재 교직 상황을 비춘 것 같아서 놀랐다. 초임 시절 이런 말을 들은 적이 있다.

“아무것도 하지 말고 무사히 위 학년으로 올려 보내는 데 신경 쓰라.”

그땐 1년을 마무리하는 것도 힘들 정도로 힘든 해였기에 그 말에 수긍했다. 작년 서이초 사건을 기점으로 교직 분위기도 많이 뒤숭숭해지면서 정말 딱 그 정도만 하려는 선생님들의 이야기가 더 많이 들린다. 물론 이해하지만 한편으로는 이상하게 느껴졌다. 불안정한 교육 현장에서 교육의 변화를 꿈꾸고 있는 내가 혹시나 무너져 가는 집에서 도망치려는 걸까 두렵다.

교사의 권위는 바닥이다

‘이게 진짜 교사의 역할인가? 학생들도, 교사들도 이러면 안 되는 거 아닌가? 아니면 교사들, 겉으로 말만 이렇게 내뱉는 건가?’ 이런 걱정을 했다. 근데 이 문장을 읽으면서 교사의 역할이 ‘돌봄’을 향하면 사회도 그 정도로만 교사를 볼 것이 아닌가? 우리 스스로 전문가가 되어야 사회도 전문가 대우를 할 텐데 걱정이다. 심지어 어느 선배 교사는 이렇게 권유했다.

“우리는 연금이 나오잖아. 우린 젊은 선생님들한테 감사해야 해. 봐, ○○선생님, 성실하잖아. 난 ○○선생님이 오래 일했으면 좋겠어.”

선배 교사의 이런 말을 들으니 힘이 쭉 빠졌다. 그냥 말만 가볍게 하는 건가? 솔직히 좋아 보이지 않았다. 연금 나오니 무서울 게 없다면 교육 현장을 위해 발 벗고 나서 주면 될 것이 아닌가?

그래도 우리는 교육전문가!

학교 폭력과 아동 학대 각종 업무 처리로 현장 교사들은 교육 활동에 집중하기 어렵다. 하물며 교사는 학급의 책임자이지만 **아동 학대 소송이라도** 걸리면 그게 무혐의였다고 하더라도 엄청난 충격을 받고 쓰러진다. 우리가 교육 전문가라고 생각하기 어려운 환경이다. 그럼에도 불구하고 교사는 **교육 전문가라는 자긍심을 포기하지 말아야 한다.** 우리가 전문가이기를 포기하는 순간 사회는 기다렸다는 듯이 남아 있지도 않은 교사의 권위마저 치워 버릴 것이다.

부디 교직을 숭고하게 생각하는 선생님이, 밥그릇만 지키려고 애쓰는 투쟁이 아니라 **전문가로서 교육을 지켜 내는 선생님이 많아졌으면** 좋겠다.

교단 위의 두려움을 받아들여야

"교사는 두려움을 애써 숨기기보다는 겸손하게 인정하는 편이 낫습니다. 자신의 느낌과 감정을 솔직하게 이야기함으로써 교사도 인간이라는 점, 그리고 교사도 학생들과 더불어서 배우려는 의지를 가진 존재라는 점을 보여 줄 수 있습니다."

"교사는 관찰하면서 자신이 관찰한 바를 기록해야 합니다."(파울루 프레이리, 『프레이리의 교사론』, 오트르랩, 114~115쪽)

저자는 두려움을 이겨 내는 해답으로 **첫 번째, 두려움에 직면하고 숨기지 않는 것**이라고 말했다.

사실 교사라는 자리는 강해야 하고 똑똑해야 할 것 같다. 가르치는 사람이 잘 모르거나 서투르게 보이면 안 된다는 인식이다. 하물며 교사 커뮤니티에는 교사가 학생의 질문에 답을 모를 때 "우리 같이 찾아볼까?"라고 말하라며 대처법까지 나와 있다. 그 정도로 교사들은 완벽함에서 멀어지는 것이나 부족함이 드러나는 것을 두려워한다. 난 그렇다. 아무것도 모르는 신규 시절은 칠흑같이 어둡고 끝을 알 수 없는 지하 동굴로 계속해서 떨어지는 느낌이었다. 두려움에 불안까지 더해졌다. 이제는 교직의 흐름을 알아서 그 정도는 아니지만, 여전히 교실에서 일어나는 통제할 수 없는 상황에 대한 두려움이 있다. 오개념을 가르쳤다는 걸 알아차릴 때, 학교 밖 나의 사생활을 아이들이 알게 되었을 때 어떻게 반응할까 하는 두려움 때문에 개인사를 아예 언급하지 않던 시절도 있었다. 이런 태도는 아이들과 인간적인 교류를 어렵게 했다.

하지만 이 문장을 읽고 나를 솔직하게 드러내 보여도 되겠다고 생각했다. 물론 어디까지 드러내 보일 것인가는 개인이 또다시 판단해야 한다. 숨기지 말라고 하여 모든 두려움을 다 드러내 보이면 오히려 독이 될 수도 있다. 나의 두려움의 근원을 생각해 보고 숨김없이 드러내 보이기로 했다.

예를 들어, '부드럽게 대하는 교사를 아이들이 얕보면 어떡하지?'라는 두려움이 있다. 이건 **학생들과 좋은 관계를 맺지 못할 것에 대한 두려움**이다. 그 본심을 이해하고 나서 "너희와 좋은 관계를 맺고 싶다."라고 말했다. 내 말에 교사를 얕보지 않을까 하는 우려는 사라졌다. 오히려 내가 솔직한 마음을 드러낼 때 아이들은 더욱 귀담아들었다. 다만 교사는 교육에 있어 자신의 철학으로 Yes와 No를 구분할 수 있어야 한다. 좋은 관계를 맺고 싶다고 주관 없이 아이들에게 이리저리 끌려다닌다면 아무 소용 없다.

두 번째로, 관찰과 기록이다. 이것은 선배 교사들이 '생존을 위해 기록하라'라고 조언해 주셨던 말과는 좀 다르다. 나를 위한 기록이 아니라 진실로 아이들의 **마음을 들여다보기 위한 관찰**이자 기록 말이다. 저자는 각기 다른 '문화 정체성'을 지닌 아이들을 그대로 '인정'해야 하며, 아이들은 그들이 존중받는다는 느낌이 들 때 배움의 준비가 되었다고 말한다.

이 부분을 읽으며 잠시 생각했다.
'난 아이들을 있는 그대로 인정해 왔는가?'

사실 6년의 교직 생활 동안 아이들의 말과 행동에는 그들 나름의 이유가 있었다. 같이 게임을 하던 중에 친구를 약 올렸던 말에는 이전에 친구가 내 부탁을 들어주지 않아 서운했던 마음이 담겨 있기도 하고, 아침에 학교에 지각하는 아이는 전날 밤에 부모님의 다툼으로 늦은 시간까지 잠들 수 없었을 수도 있다.

그럼에도 그들은 자세한 내막을 잘 얘기하진 않는다. 내가 물었을 때 말하는 것이지 대부분 대답하지 않는다. 나 또한 여러 건의 갈등을 빠르게 처리하려고 자의적인 판단으로 오해가 생기기도 했다.

그래서인지 저자는 관찰과 기록을 강조한다. 그들을 있는 그대로 보는 것. 내 눈과 나의 판단은 결국 주관이 들어가 있기 마련이며 노력하더라도 내 맘대로 판단할 수 있기에 기록해야 한다. 여기에 더해 자기 확신을 배제하고 비판적이면서도 평가적인 태도로 기록해야 하며 기록한 바는 분석하고 아이들과 공유되어야 한다고 말했다. 올해는 관찰과 기록을 꼼꼼하게 실천하고, 주기적으로 아이들의 성장을 그들과 함께 평가해 보고 싶다. 흔들리는 교단 위에서 애써 균형을 잡으라고 이 책은 말하고 있다.

교사는 늘 공부해야 한다. 아이들 마음을 이해하기 위해, 아이들을 사랑하기 위해, 그들을 올바르게 키워내기 위해서이다. 늘 책을 읽고 사색하며 고민하며 방학 때는 각종 연수를 다니며 더 나은 교사가 되기 위해 애쓰고 있다.

이 책을 쓰기 위해 여러 책을 읽으며 나 자신에 대한 성찰을 많이 했고 내면의 어두움을 직면할 수 있었다. 교육은 사람을 변화시키는 데에 중요한 수단이다. 교육 현장은 노력을 쏟는다고 해서 금방 성과가 나오진 않는다. 하지만 어린이들에게 사랑을 주고 자라길 기다려주며, 교사를 포함한 교육 현장 그리고 우리 사회가 어린이들에게 그 기회를 만들어 준다면 그들은 분명히 큰다는 걸 우린 알고 있다.

현장에서 많은 교사들이 고군분투하고 있으며 교육계에는 변화의 바람이 필요하다. 교권과 학생의 인권이 공존하는 날이 올텐데 그때까지 교사들이 지치지 않았으면 좋겠다.

2) 죽음의 수용소에서

- 당신은 계속 그렇게 어정쩡하게 살 건가요? -

정해진 규칙과 규율을 철저하게 지키며 살아온 내 인생이 지긋지긋해서 이제 내 삶을 스스로 만들고 싶어졌다. 거창하게 말하면 인생을 잘 살고 싶은데 어떤 게 잘 사는 인생일까, 늘 고민하던 나에게 삶의 방향성을 제시해 주는 책을 만났다.

아우슈비츠 수용소로 끌려간 정신과 의사

이 책의 저자이자 유대인 정신과 의사인 빅터 프랭클은 제2차 세계대전 당시 독일군에 의해 아우슈비츠 수용소로 강제 이송된다. 거기에서는 제아무리 화려하던 직업도, 학벌도, 재산도, 능력도 어느 것 하나 인정받지 못하며 오로지 번호로만 취급되는 지옥이다. 수용자들은 엄중한 감시 속에서 제대로 먹지도 입지도 못하고 혹한의 추위 속에서 땅을 파고 시체를 구덩이로 옮기는 일을 한다. 조금이라도 건강해 보이지 않으면 목욕탕이라고 불리는 가스실로 가서 죽임을 당하는 상황에서 그는 살기 위해 매일 아침이면 깨진 유리 조각으로 면도를 하고 허리를 꼿꼿하게 세워 똑바로 걸었다. 살기 위한 처절한 노력.

그런 그도 관리인이 매를 들고 때리거나 굶기는 것보다 더 죽고 싶었던 순간이 있었다. 바로 모멸감을 느꼈을 때, 인간 대접을 받지 못할 때였다. 추위와 굶주림과 중노동 그리고 겨우 연명할 정도의 음식이 주어지는 죽음의 수용소 생활로 유대인들은 지쳐갔다. 주변 상황과 타인의 감정에 무감각해졌고 죽음을 모면하기 위해 선택을 회피하는 현상을 보였다. 그들의 고민은 오직 배급되는 빵을 어떻게 나누어 먹을까에 집중되어 있었다. 수용자들 대부분은 절망 속에서 삶을 포기하고 차라리 빨리 죽기를 원했다.

그럼에도 저자는 살아남았다. 살겠다는 의지로 버텼고, 사랑하는 아내를 생각하며 버텼다. 저자에게는 살아야 할 의미가 있었고 이것이 그의 태도를 죽어가는 사람이 아닌 살아가는 사람의 모습으로 만들었다. 이것이 저자가 창안한 '로고테라피'의 기원이다.

저자는 이렇게 말한다.

"인간에게 모든 것을 빼앗아 갈 수 있어도 단 한 가지, 마지막 남은 인간의 자유, 주어진 환경에서 자신의 태도를 결정하고, 자기 자신의 길을

선택할 수 있는 자유만은 빼앗아 갈 수 없다."

인간 취급도 못 받고 죽은 거나 다름없는 상황에서도 살아야 할 이유를 생각했다. 저자 빅터 프랭클은 '삶'을 살아가는 방법을 '죽음' 끝자락에서 몸소 깨닫고 로고테라피 심리학 이론을 창시한다.

살아야겠다면 '삶의 의미'를 찾아야

살아야겠다면 삶의 의미를 찾아야 한다. 시련과 고난을 극복해야 할 필연적인 이유를 마음속에 품어야 한다. 그럴 때 시련을 견딜 수 있다. 고난에서 벗어날 수 있다. 다시 말하면 우리는 모두 **각자의 삶을 이끌 힘이 있다. 최악의 상황에서도 계속 우울함에 빠져있을지 아니면 작은 일부터 처리해 나갈지 선택할 수 있다.** 다만 그 힘은 우리가 품은 삶의 의미에서 나온다. 그러니 살아야 할 이유를 찾을 것. 이것이 로고테라피의 실제이다.

의미를 찾았다면 내 인생을 대하는 태도를 결코 가볍게 여기지 말 것. 허리를 꼿꼿하게 펴고 눈을 크게 뜨고 배꼽에 힘을 주고 강하게 살아야 한다. 삶을 대하는 **나의 태도가 곧 내 인생을 만든다.** 운명이 정해져 있더라도 운명에 순응하며 끌려가는 소처럼 사는 사람보다는 그래도 내가 바꾸어보겠다고 이것저것 해 보려고 소의 고삐를 잡은 사람이 더 낫지 않을까?

어떤 상황도 통제할 수 있다

솔직히 말하면 이 책을 읽고 용기가 생겼다. '어떤 상황이더라도 내가 상황을 통제할 수 있겠다.' 불편한 자리에 억지로 분위기 맞추어 가며 앉아 있는 게 아니라 적어도 자리를 벗어나는 용기를 내 볼 수 있겠단 생각이 들었다. 어쩌면 변화는 이미 시작되었다!

아우슈비츠 수용자들이 불행한 상황과 죽음을 운명으로 받아들이고 생명을 포기했듯이, 안타깝게도 어두운 선택을 하는 사람들이 많다. 어쩌면 당연한 선택이다. 하지만 저자는 불우한 환경에서 밝은 미래를 그리며 살아갈 의미를 찾는 로고테라피를 창안했다.

내 인생은 바꿀 수 있다

어떤 환경에서라도 나의 선택에 따라 나의 인생은 바꿀 수 있다는 것이 마음에 와닿았다. 아무리 어려워도 살려고 하는 의지와 함께 살아야 할 이유를 찾아내는 로고테라피를 생각하면서 내 삶의 의미는 무엇인지 깊이 숙고해 본다.

2.

임의현 선생님의 인생책

1) 아크라 문서

– 내일 세상이 끝장난다면 남겨야 하는 것은?

2) 빼앗긴 대지의 꿈

– 밑장 빼는 타짜가 될 것인가, 판을 엎을 것인가!

3) 내 영혼이 따뜻했던 날들

– 왜 모든 어머니 프사는 늘 풍경 사진일까요

1) 아크라 문서

- 내일 세상이 끝장난다면 남겨야 하는 것은? -

이십 대, 길을 잃다!

우리는 하늘에 묻는다.

'우리 삶은 어떤 의미가 있는지 늘 묻고 싶습니다.'

언젠가 정신건강의학과 오은영 박사가 방송에서 육아의 최종 목표를 '독립'으로 꼽는 장면을 본 적이 있다. 오은영 박사의 한 마디 한 마디가 참으로 인상 깊었는데, 그녀가 하는 모든 말들이 내 어머니께서 해 주신 말과 같았기 때문이다. 어머니는 학창 시절 내내 네가 대학에 들어가는 순간 학비를 제외하곤 모든 걸 알아서 해결해야 한다고 귀에 못이 박히도록 가르치셨다. 자식을 위해 늘 희생하시던 어머니는 우리가 졸업하고 나자, 본인만의 삶을 열심히 찾아 떠나셨다. 물론 남남처럼 산 것은 아니었지만, 그 이후 삶을 어떻게 꾸려나가는가는 오롯이 나의 몫이었다.

어른이 되는 것은 부모에게서 독립하는 것이다. 단순히 경제적인 독립을 의미하는 것이 아니며, 심리적인 독립이 더욱 중요하다. 그간 부모에게서 받아 내재한 삶의 방식을 모두 재검토하고, 나만의 색깔로 새로이 쌓아 올리는 과정이다. 자아를 구성하는 일이 어디 쉽겠는가. 이 세상의 진리라 여기던 부모를 부정하고 새로운 가치를 찾아 나서는 길이 막막했다.

대학교 2학년의 어느 날, 덜컥 겁이 났다. 내가 삶을 잘 살아갈 수 있으리란 확신이 문득 사라졌다. 아무 의심 없이 주어진 길을 걷기만 하면 되는 교육대학교 속에서, 이대로 살면 내가 원하는 삶을 살 수 없으리라는 확신이 들었다. 바야흐로 알을 깨고 나가야 하는 때였다.

삶의 보편적 진리란?

'천 년 전에도 세상은 존재했으며, 우리와 같은 고민을 하는 이들이 살았다.'

파울로 코엘료라는 작가와는 『연금술사』를 통해 처음 만났다. 산티아고 순례길을 통해 깨달음을 얻었다는 작가는 자신의 작품 내내 자아의 발견, 인생의 가치 등 인생을 관통하는 진리를 설명하기 위해 애쓴다. 그리고 그 근본을 신비주의, 즉 우주를 운행하는 보이지 않는 힘을 인식하는 것에서 출발하고자 한다. 작가는 『아크라 문서』에서 고대부터 다양한 종교의 경전에 실렸던 보편적 깨달음을 이야기 속으로 끌어온다.

『아크라 문서』는 마치 존재했던 고대 경전을 그대로 번역해 온 듯한 독특한 방식으로 서술되어 있다. 제자 역할의 시민들과 스승 역할의 지혜로운 콥트인의 문답으로 구성했다. 곧 침략으로 무너질 도시를 두고, 콥트인은 역사가 기록할 전쟁에 연연하지 말고 우리가 기록해야 할 삶의 지혜에 관해 이야기하자고 제안한다. 이에 시민들은 불안, 패배, 행운, 기적, 고독, 사랑 등 다양한 가치를 묻는다.

독자는 시민의 질문 앞에 잠시 책장을 멈추고 자신만의 답을 생각해 볼 수 있다. 그리고 이어 답하는 콥트인의 지혜는 내면세계를 확장하는 불씨가 된다. 시민들처럼 당장 닥친 외부의 문제에서 한 걸음 벗어나, 궁극적으로 삶을 위해 나아가야 할 방향을 고찰할 수 있다.

인생을 사랑하는 법

'주어진 삶, 주어진 행운을 어떻게 쓰는지는 본인에게 달린 일.'

근래 학교 현장에서 장래 희망의 의미가 많이 변했다. 이전에는 원하는 직업을 고르는 것이었다면, 이제는 살고 싶은 삶의 형태에 대해 탐구

한다. 우리도 어릴 때 그런 교육을 받았다면 달랐을까.

정해진 길을 따라와 처음으로 내던져진 사회에서 내가 바라는 인생을 정의하기란 막막했다. 더군다나 안정성을 최우선 가치로 두는 예비 공무원 사회에서 남들과 다른 자신만의 의견을 내밀기란 더욱 어려운 일이었다. 들어오는 과외를 하며 용돈벌이하고, 휴학 없이 성실하게 학교에 다녀 졸업 전 임용 고시에 합격해 취직하는 것이 당연한 곳이었다.

『아크라 문서』는 **모든 것의 열쇠로 '사랑'을 꼽는다.**

연인과의 사랑뿐만이 아닌 열정을 쏟는 것에 대한 사랑이고, 인류에 대한 사랑이며 나아가 세계에 대한 사랑이다. 사랑은 우리를 변화하게 하며 마음 깊은 곳에 숨겨진 진정한 방향성을 일깨운다. 그 사랑을 깨닫기 위해서는 침묵과 방황이 필요했다.

두려운 삶을 마주한 휴학

나는 삶이 두려워진 순간 모든 것을 멈추고 휴학을 결심했다. 남들보다 몇 년 늦어지는 것에 개의치 않고 새로운 일을 찾아다녔다. 피시방, 음식점, 카지노, 마트 판촉까지 가리지 않고 아르바이트를 했고 내가 모르던 삶을 엿보았다. 그들이 어떻게 자기 일을 성실히 해 나가는지, 열정과 사랑이 어떤 방식으로 타오르는지. 마트 직원이 상자를 열며 습득한

경이로운 손기술과, 음식점 서빙을 위해 세세히 안배된 보이지 않는 규칙들, 매일 반복되는 매장의 오픈 청소까지 어느 하나 허투루 굴러가는 것이 없었다. 불현듯 이 모든 일상이 하루하루가 쌓여 세심하게 이루어진 기적임을 깨달았다. 상자 하나를 여는 것이 아무 의미 없어 보여도 그 모든 행위가 모여 우리의 하루를 완성한다. 그 사소한 일상에서 감히 세계의 법칙을 엿본 듯 충만한 깨달음이 찾아왔다. 나는 세계의 일원이고, 일상을 구가하는 것만으로 매일 기적을 경험하고 직접 행하는 자이다.

모든 것은 사랑이었다

다시 돌아온 뒤 마주한 삶은 보다 사랑스러운 것으로 변모해 있었다. 목표가 뚜렷해졌다. 나의 방식대로 세계를 사랑하기로 했다. **주어진 자리에서 최선을 다해 아이들을 길러 내는 기적**을 행하고, 동시에 아이들에게도 세계의 일원으로서 일상의 기적을 경험할 수 있게 하는 것이다. 열정 어린 삶을 위해 할 수 있는 **모든 일을 힘껏** 해내는 것이다. 그제야 나는 어렴풋이 부모의 그림자에서 벗어나 나만의 색깔을 찾아냈다는 생각이 들었다. 나의 인생이었다.

다시 길을 잃어도

'해가 떠오르고 지는 당연한 일, 당연한 기적.'

여행을 떠난다고 가정하자. 도착지까지 1시간밖에 걸리지 않는 기차가 있고, 4시간이 걸리는 자동차가 있다. 기차는 바깥을 볼 수도, 행선지를 바꿀 수도, 중간에 내릴 수도 없지만, 자동차는 얼마든지 바깥 풍경을 감상할 수도, 중간에 멈출 수도, 목적지를 바꿀 수도 있다면, 어떤 것을 타겠는가?

누군가 표를 끊어 주어 태운 기차와 달리, 자동차는 **오롯이 내가 운전해야 한다.** 길을 헤맬 수도 있다. 물론 스스로 충분히 헤맬 시간도 필요하지만, 지도책이 있다면 좀 더 편하게 원하는 길을 찾아갈 수 있다. 『아크라 문서』는 인생 여정의 동반자로 당연하고 평범하지만, 반복되는 일상에 젖어 쉬이 잊어버리는 지혜를 부드럽게 제시해 준다.

2) 빼앗긴 대지의 꿈

- 밑장 빼는 타짜가 될 것인가, 판을 엎을 것인가! -

인간이기 때문에

'우리는 어둠에 대고 '아니다'라고 말하는 사람들이다.' **(장 지글러, 『빼앗긴 대지의 꿈』, 갈라파고스, 285쪽)**

방관자는 죄가 없는가?

우리는 인간이기에 인간을 향한 부조리에 분노한다. 드라마 〈더 글로리〉가 흥행한 이유도 부조리에 마음껏 분노하고 시원하게 타파하는 장면을 보여 주었기 때문이다. 개인이 벗어나기 힘든 거대한 폭력, 잘못을 기억하지도 뉘우치지도 않는 가해자들, 그들을 멋지게 지옥으로 밀어 떨구는 카타르시스는 현실의 부조리에 목소리 내기 힘든 대중을 위한 사이다였다.

드라마를 모두 보고 나니, 문득 그런 생각이 들었다. 이야기의 조형을 위해 부득이하게 빠졌던 주인공의 다른 학급 친구들, 옆 반 선생님들은 과연 이 이야기에 아무런 상관도 없는 인물이었을까? 피해자나 가해자가 아닌, 방관자는 어떠한 문책도 받지 않아도 되는 것일까? 만일 내가 그 인물들이었다면 무엇을 해야 했을까. 우리는 인간이기에, 모두가 침묵할 때 '아니다'라고 말해야 하는 때가 반드시 온다. 그때 나는 '아니다'라고 당당히 말할 준비가 되어 있는가?

인간을 위하여

'희망은 어디에 있는가?'(장 지글러, 『빼앗긴 대지의 꿈』, 갈라파고스, 16쪽)

장 지글러는 평생 '아니다'라고 당당히 말해 온 인물이다. 우리나라에서는 청소년 추천 도서로 반드시 꼽히는 『왜 세계의 절반은 굶주리는가?』로 유명한 사회학 권위자이자 기아 문제 연구가이다. 스위스인이면서 스위스 은행의 검은 실체를 폭로하는 글을 써 살해 협박을 받기도 한 사회문제 활동가이기도 하다. 고등학교 시절 추천 도서 작가로 처음 접하게 된 그의 시선에 매료되어, 당시 최신작을 찾아 발견한 책이 『빼앗긴 대지의 꿈』이었다. 이 책 한 권으로 십 대 소녀의 세상을 바라보는 눈이 완전히 뒤집혔다. 식민 시대의 종언을 외쳤던 세계는 자본주의라는 다른 형태의 식민 지배를 이어오고 있었으며, 무엇보다 내가 무지한 방관자였다는 사실이 가장 충격적이었다. 세계는 이리도 인간이 인간이기를 포기하며 유지되는데, 아무 걱정 없이 생을 영위하는 나는 정말 무고하고 무관한 독립체인가? 그때 인생관을 다잡으며 당시 유행했던 싸이월드에 아래처럼 비장한 문구를 남긴 적이 있다.

"친구들아. 만약 내가 커서 세계를 위해 살겠다는 다짐을 잊어버리고 헤맨다면, 뒤통수를 한 대 세게 때려 줘라."

아직까지 뒤통수를 맞지는 않은 걸 보니 잘 살고 있나 보다.

인간으로 사는 법

'인류애만을 기억하라.'(장 지글러, 『빼앗긴 대지의 꿈』, 갈라파고스, 276쪽)

세계를 위해 살겠다는 거창한 다짐은 그리 어렵게 이루어지지 않았다. 교대에 들어간 첫해, 기업에서 후원하는 장학생 지원서에 당돌하게도 이렇게 썼다.

'학교에서는 배울 수 없던 것들을 제가 아이들에게 가르치고, 같이 고민하고, 꿈을 찾아 이룰 수 있게 도와주고 싶습니다. 주체적인 삶은 사회에 소외당하지 않고, 사회를 바꾸어 나가려 노력하는 원동력이 됩니다.

제가 선생님이 되어 지켜 주는 아이들의 꿈이 그들의 인생과 이 사회를 바꾸는 힘이 될 것입니다.'

장 지글러는 암담한 현실을 보여 주면서도 늘 인류에 대한 애정 어린 시선을 놓지 않는다. 그의 인류애는 책장을 덮은 뒤 무력감을 잠시 놓아 두고, 조금씩 나아지는 인류를 위해, 이 세계를 위해 우리가 무엇을 할 수 있을지 고민하도록 한다. 당장 깃발을 뽑아 들고 전선에 나갈 필요는 없다. 그저 내가 있는 이 자리에서, 내가 거대한 착취 구조 안의 눈 감은 방관자로 남지 않는 방법을 끊임없이 생각할 따름이다.

교과서에 없는 지혜를

지난 1월, 내 다섯 번째 6학년 졸업식이 있었다. 졸업식 직전 아이들과 나누는 마지막 인사에 늘 하는 말을 남긴다.

"지난 1년 동안 저는 여러분에게 교과서에 없는 지혜를 가르치고자 노력했습니다. 옳은 것을 가려내는 법, 아는 것을 실천하는 법, 꿈을 향해 나아가 세계시민이 되는 법을 가르쳤습니다. 제 말이 여러분 안에 얼마나 많이 담겼는지는 모르겠습니다. 그러나 이 작은 1년이 여러분 인생의 길잡이가 되어 세계를 바꾸길 희망합니다. 그것이 교사로서 저의 꿈이니까요."

3) 내 영혼이 따뜻했던 날들

- 왜 모든 어머니 프사는 늘 풍경 사진일까요 -

자연의 의미

'펼쳐진 손바닥에서는 검은 흙 한 줌이 주르르 흘렀을 뿐이다.'

(장 포리스트 카터, 『내 영혼이 따뜻했던 날들』, 아름드리미디어, 192쪽)

요새 환갑을 맞은 부모님께서는 당신들의 노후를 위해 근교의 땅을 알아보는 데 열중이시다. 아버지께서 은퇴하시면 자그마한 땅을 구해 한편에는 컨테이너를 놓고, 과일나무와 채소를 심어 가꾸고 싶다는 꿈을 이야기하셨다. 나이가 들어도 마지막까지 할 수 있는 일은 '텃밭 가꾸기'라고 입이 닳도록 언급하신 어머니는 언젠가 나도 그 길을 따를 것이라 예언하셨다. 조부모가 그랬던 것처럼, 그전의 조상들이 자연을 찾았던 것처럼, 인간이라면 자연으로 회귀하고자 하는 욕망을 지니고 있다.

야쿠시마 섬에서 만난 자연의 힘과 예술

지브리 애니메이션 〈원령공주〉의 배경이 된 일본의 '야쿠시마 섬'에 방문한 적이 있다. 그곳 자연의 실체를 모른 채 등산에 나섰다가 장장 8시간 동안 거대한 삼림 속에서 헤맸다. 영화보다도 더욱 아름다운 풍경에 홀려 힘든 몸을 이끌고 간신히 내려왔을 때, 한 기념품점에서 눈을 뗄 수 없는 작품을 마주했다.

천장부터 바닥까지 길게 매달린 천위에 거대한 나무를 황토로 물들인 작품이었다. 거대한 크기와 생동력에 놀라 찾아본 작가의 이름은 무카이 쇼코(向井晶子)로, 야쿠시마 섬에 살며 자연의 생명력을 화폭에 담는 화가다. 그녀가 표현하는 나무는 단순히 서 있는 물체가 아닌 살아 숨 쉬는 역동적인 존재다. 그 역동성은 나무의 줄기를 거쳐, 재료부터 전해진 흙까지 위대한 힘을 담고 맥박친다. 등산에서 압도당한 자연의 힘을 작품으로 한 번 더 만나자, 내가 딛고 있는 이 섬의 땅이 살아 움직이는 것 같았다. 강렬한 끌림에 야쿠시마로 이주했다던 작가를 한순간에 이해했다.

영혼의 언어

'할머니는 이해와 사랑은 당연히 같은 것이라고 하셨다.'(장 포리스트 카터, 『내 영혼이 따뜻했던 날들』, 아름드리미디어, 102쪽)

체로키 인디언의 혈통을 이어받은 작가 포리스트 카터는, 작품 중 할머니의 입을 빌려 우리에게 두 마음이 있다고 설명한다. 몸의 마음은 우리의 생존을 위해 일하고, 영혼의 마음은 영혼이 살아 있기 위해 존재한다. 몸의 마음이 욕심을 부려 과하게 취할수록 영혼의 마음은 쪼그라들어, 결국 '걸어 다니는 죽은 사람'이 되고 만다. 영혼의 마음을 키우려면 이해하려고 노력해야 한다. 이해하는 것이 곧 사랑하는 길이다. 영혼의 마음을 키우다 보면 세상 만물에 영혼이 있다는 것을 깨닫고, 생명의 순환을 이해하게 된다. 그러면 우리가 가야 할 길을 알게 된다.

숲해설가로 일하시는 어머니께서는 곱게 차려입고 버스를 타고 온 아이들을 데리고 산으로 올라가 나무를 타고 흙에서 뛰놀게 한다. 처음에는 흙이 묻을까 무섭고, 벌레가 움직이는 것이 징그럽던 아이들이 한 시간만 지나도 순식간에 온몸에 나뭇잎을 달고 너도나도 나무 열매를 따 먹는다고 했다. 달리다 넘어져서 피가 나도, 교실에서는 보건실로 달려갔던 아이들이 숲에서는 아무렇지 않게 털털 털고 다시 달린다. 자연이 주는 영혼의 힘이다.

자연의 치유를 만난 제주에서의 7년

나 역시 이러한 치유의 순간을 마주한 적이 있다. 엎어지면 바다와 산이 코끝에 닿을 제주도에서 7년 동안 머물며 자연 한복판에 담뿍 빠져 살았다. 넉넉한 시간 동안 하염없이 파도를 바라보고 산바람을 느끼다 보면 문득 내가 자연과 연결되어 있다는 감각을 느낀다. 재산, 외모, 성격과 같은 불필요한 꼬리표들이 잠시 떨어지고, 내 존재 자체가 자연에 온전히 이해받는다. 사랑을 해본 이들이라면 이것이 무슨 의미인지 알 것이다. 존재가 온전히 가치 있는 순간, 영혼의 힘이 채워지는 순간이다.

다시 봄이 오면

'다음번에는 틀림없이 이번보다 더 나을 거야.'(장 포리스트 카터, 『내 영혼이 따뜻했던 날들』, 아름드리미디어, 330쪽)

홀로 서려고 발버둥 치던 나에게서 출하여 타인을 넘어 세계와 관계 맺고 다시 돌아온 곳은 결국 '나'이다. 그러나 출발점의 내가 아닌, 거대한 자연의 한 부분으로 존재하는 자신이다. 상생 속에 숨 쉬는 나를 인식하면 이유 없이 주어진 삶의 의미를 어렴풋이 깨닫게 된다. 나는 전생과 내세를 믿지 않지만, 이전에 살다 간 수많은 생명의 '다음번'으로 내가 살아 있다는 사실은 안다. 그리고 내가 돌아갈 곳 역시 같다는 것을 이해한다.

작가는 체로키 인디언의 지혜에서 삶을 사계절에 빗대어 표현한다. 겨울이 가고 다시 봄이 오듯, 육신의 죽음은 끝이 아니라 다음 생명의 봄이 된다. 나는 어느 계절에 서 있는가, 그 계절을 온전히 만끽하며 아름다운 꽃과 나무를 길러 내고 있는가. 되묻지 않아도 될 만큼 충실한 생을 살고 나면, 작은 나무의 할머니처럼 소탈한 겨울맞이 인사를 남기고 싶다.

'다음에는 틀림없이 이번보다 더 나을 거야.'

3.

홍성길 선생님의 인생책

1) 거인의 노트

– 이렇게까지 기록! 해야 합니다!

2) 역행자

– 주어진 운명에 따라 살 것인가?

1) 거인의 노트

- 이렇게까지 기록! 해야 합니다! -

〈유 퀴즈 온 더 블록〉이라는 TV 프로그램에 배우 김우빈이 출연했다. 15년째 감사 일기를 매일 쓰고 있다고 한다. 자기 전 오늘 하루 동안 감사했던 일을 떠올리며 기록하고 있단다. 이렇게 기록을 통해 삶을 돌아보고 의미를 부여하면 인생을 주체적으로 살아가는 데 큰 도움이 되겠다는 생각이 들었다.

기록은 누구나 한다. 학생 때는 수업 내용을, 직장인은 회의 내용이나 업무 관련 내용을, 또 누군가는 일상을 기억하기 위한 기록으로 일기를 쓴다. 일상에서 반복적으로 이루어지는 것인데도 막상 기록의 목적이나 효과적인 방법에 대해 찾아본 적은 없었다. 이 책 『거인의 노트』를 읽으며 기록의 다양한 관점에 대해 알게 되었다.

이 책은 먼저 **왜 기록해야 하는지** 알려 준다.

첫째, 기록은 어지럽혀진 방을 정리하여 무엇이든 할 수 있도록 준비하는 것과 같다.

둘째, 기록을 통해 나만의 체계를 만들고 자신과 대화를 한다.

셋째, 기록을 꾸준히 하다 보면 자신을 이해하게 된다.

넷째, 내 삶의 목표는 무엇이고, 무엇을 원하는지를 알 수 있다. 즉, 기록을 통해 메타인지 능력이 발달한다.

5가지 기록법의 특징

작가는 다섯 가지 종류의 기록법에 대해 소개한다.

기록은 지식 기록과 경험 기록으로 나눈다. 지식 기록에는 **공부 기록, 대화 기록, 생각 기록** 3가지가 있고, 경험 기록은 **일상 기록과 일 기록** 2가지로 나눈다.

1) **공부 기록**은 말 그대로 강의나 책에서 배운 것들을 기록하는 것이다.
2) **대화 기록**은 대화를 기록하는데 개인의 생활양식을 가장 잘 보여 준다.
3) **생각 기록**은 내 생각을 기록하는 것으로 이건 다양한 아이디어로 이어진다.
4) **일상 기록**은 일상의 사소한 것들을 기록하며 삶의 진정한 의미를 찾는다.

5) **일 기록**은 업무를 기록하는 것이다. 요점만 키워드로 적는다.

여기서 잘못된 메모 습관으로는 기억하지 않기 위한 메모, 생각하지 않는 메모, 재활용하지 않는 메모가 있다. 나중에 본다고 모든 내용을 다 쓰는 기록이나 나의 언어로 정리하지 않고 베끼기만 한다면 아무 의미가 없다. 기록의 목적은 내용에 집중하기 위함이다. 기억하기 위해서가 아니다. 핵심 내용을 적을 때는 자신의 언어로 기록하는 게 좋다.

이 책에는 나에게 인상 깊은 문장이 있다.

'글은 매끄럽고 유려하게 쓰는 것이 아니라 나를 있는 그대로 표현하는 것이다. 완벽하게 쓰려고 하지 말자. 글은 얼마든지 다시 고칠 수 있다. 처음에는 미완성이지만 잘 고치면 된다.'

평소 글쓰기에 대해 두려움을 가지고 있었던 나는 막상 글을 쓰려고 하면 뭔가 멋진 결과물이 나와야 할 것 같은 부담감에 시도조차 어려웠다. 사실 글쓰기는 남에게 보여 주기 위해 잘 쓰는 게 아니라 나를 표현하기 위한 수단이자 방법일 뿐이다. 얼마든지 고칠 수 있다는 이 말에 새로운 관점으로 글쓰기를 바라보게 되었다.

기록이 주는 의미를 깨닫게 한 구절도 있다.

'나의 지난 시간을 떠올리는 건 일상 속에서 새로운 감각을 발견하는 일이다. 일상을 기록하고 그 기록을 반추하는 작업, 이것을 통해 우리는 매일 새로운 자극을 얻고 좋은 아이디어를 찾아낼 수 있다. 바로 **기록으**

로 콘텐츠가 풍부한 사람이 되는 것이다.'(김익한, 『거인의 노트』, 다산북스, 264쪽)

이름을 불러 주는 특별함

매일 똑같은 출근길, 똑같은 업무 환경, 별다른 큰일 없이 반복되는 일상이 우리의 삶이다. 늘 비슷한 나날 속에서 의미를 찾아내고 부여해야 현재의 행복을 느낄 수 있다. 기록이 큰 도움이 된다. 기록을 통해 지난 일을 다시 돌아보고 어떤 사건이 있었고 그때 느낀 감정은 무엇이었는지 반추하는 과정을 통해 삶에 의미를 부여할 수 있다. 김춘수 시인은 「꽃」이라는 시에서는 이름을 불러 주는 것의 특별함을 노래한다.

'내가 그의 이름을 불러 주기 전에는

그는 다만 하나의 몸짓에 지나지 않았다.'

스쳐 지나가는 일상도 우리가 기억해 주고 의미 부여를 하지 않으면 그냥 바람처럼 잊힌다. 하루하루를 그저 흘려보내지 않고 이름 지어 주는 기록을 통해 내 삶을 의미 있게 만들어 가고 싶다.

다음과 같은 증상을 호소하는 분이라면 꼭 이 책을 읽기를 추천한다.

첫째, 매번 새해 다이어리를 사고 끝까지 기록하지 못하는 사람이다. 사람들은 새해가 되면 새로운 다짐을 하며 많은 계획을 세운다. 하지만 한 달이 지나기도 전에 대부분 포기한다. 연초에 계획한 대로 꾸준히 실천하여 연말에 이루는 사람들은 진짜 손에 꼽을 정도다. 이 책을 읽는다면 기록에 대한 부담감을 줄이고 꾸준히 실천할 수 있는 든든한 지원군을 얻을 것이다.

둘째, 삶이 다람쥐 쳇바퀴 돌듯 반복된다고 생각하는 사람이다. 삶이 재미가 없고 매일같이 집-회사-집이라면 어떻겠는가. 심지어 정해진 일과에 따라 내가 주제적으로 움직이는지, 몸이 기계처럼 자동으로 반응하는지조차 모르는 경우도 있다. 『거인의 노트』를 읽는다면 반복되는 일상 속에서 기록을 통해 삶에 의미를 더해 주고 주체적인 삶을 살아갈 수 있을 것이다.

셋째, 아무런 꿈도 미래에 대한 계획도 없는 사람이다. 내가 무엇을 좋아하는지, 어떤 삶을 살아야 할지 막막한 사람들이다. 나 역시 학창 시절 부모님과 주변에서 좋은 대학을 가야 된다고 해서 막연히 공부했고 교사가 되었다. 그러다 보니 내가 무엇을 좋아하고 나는 어떤 취향의 사람인지도 모른 채 어른이 되었다. 『거인의 노트』를 읽으며 일상 기록이나 생각 기록을 꾸준히 한다면 '나'에 대한 이해에 도움이 될 것이다. 기록하고 다시 읽으며 나는 어떤 사람이고 내가 어떤 생각을 하고 있는지 알게 되니 기록은 나를 찾아가는 여행의 시작이자 나를 보여 주는 거울이다.

위대한 거인의 습관

이 책의 제목에서 이야기하는 거인은 몸짓이 크다는 의미가 아니라 위대한 사람, 성품 및 학식이 뛰어난 사람을 뜻한다. 거인들은 사색하기를 좋아하고 글로 메모하는 습관을 공통적으로 가지고 있다. 나뿐만이 아니라 이 책을 읽는 모두가 메모하는 습관을 길러 이 시대의 거인이 되기를 소망한다.

2) 역행자

- 주어진 운명에 따라 살 것인가! -

이 책은 30여 년간 살아온 나의 가치관을 깨부순 책이다.

어머니께서 자녀 교육에 관심이 많으셔서 나는 어릴 때부터 여러 학원을 다니며 '유사 모범생' 역할을 해야 했다. 어머니가 시키는 대로 학원을 다녔고 어머니가 원하는 사람이 되는 것이 효도이자 내가 잘 되는 길이라고 생각했다. 그렇게 부모님께서 원하시는 교사가 되었다. 내 의지보다는 주변 사람에게 의존한 삶을 살아온 나에게 『역행자』라는 제목은 지금까지의 나의 삶을 부정하는 것 같아 거북하기도 하고 무슨 내용일지 호기심도 생겼다.

운명을 거스른 5%의 사람

역행자란 사전적 의미로 '어떤 일에 순응하지 아니하고 반대 방향으로 나아가는 사람'이라는 뜻이다. 대부분의 사람들이 주어진 운명에 순응하는 순리자(順理者)로 살아가고, 약 5% 정도의 사람들만 운명을 거스르는 역행자의 삶을 살아간다고 한다. 순리자를 '무의식, 유전자, 자의식의 울타리에 갇힌 닭'으로 비유하고 그 울타리를 해체하는 것이 역행자로 가는 길이라 설명한다.

그 방법은 이렇다. 역행자로 가는 7단계이다.

1. 자의식 해체
2. 정체성 만들기
3. 유전자 오작동 극복
4. 뇌 자동화
5. 역행자의 지식
6. 경제적 자유를 얻는 구체적 루트
7. 역행자의 쳇바퀴

이 책을 읽으며 특히 인상 깊었던 문장들을 몇 가지 소개해 본다.

'진화상 유리했던 과거의 본능이 우리 유전자에 남아 바이러스처럼 악영향을 끼친다.'(자청, 『역행자』, 웅진지식하우스, 32쪽)

'유전자 코드는 과거에는 매우 좋은 심리 기제였지만, 현대에는 오히려 삶을 망쳐 버리거나 가난을 유도한다.'(자청, 『역행자』, 웅진지식하우스, 144쪽)

'인간은 살아남기 위해 사회생활에 최적화되게 진화했다. 자기 평판에 아주 민감하게 반응하고, 남 이야기에 놀라울 정도로 관심을 가진다.'(자청, 『역행자』, 웅진지식하우스, 157쪽)

유전자 이론으로 내 행동을 이해하다

최초의 인류인 오스트랄로피테쿠스부터 거의 3백만 년 동안 인류는 생존을 위해 진화해 왔다. 우리 인류가 생존을 걱정하지 않게 된 시기는 겨우 3천 년도 채 되지 않는다. 생존에 특화된 유전자는 현재까지 우리의 몸에 남아 있다. 그 유전자로 인해 우리의 성장에 방해가 되는 생각이나 행동을 지금도 하게 된다. 예를 들어 원시시대에는 음식을 보면 무조건 먹을 수 있을 때 먹어 두어야 했다. 하지만 현재는 손쉽게 영양분 섭취를 할 수 있으니 이런 본능은 오히려 건강에 좋지 않다.

유전자에 대한 이해를 통해 나의 행동을 객관적으로 이해하게 되었다. 나는 예전부터 다른 사람들이 나를 어떻게 생각하는지에 관심을 가졌고 다른 사람들의 욕구에 맞추기 위해 행동했다. 그러니 스트레스도 많이 받고 스스로 언행을 조절하며 힘들게 살았다.

상황에 따라 다양한 페르소나(가면)를 쓰고 살았다. 이런 나의 행동은 과거 인류가 무리 지어 생활하는 데 사용하던 유전자로부터 온 것이라 한다. 지금까지의 나의 행동들이 이상한 것이 아니고 내 유전자적 특성이라 배우고 나니 객관적으로 나를 이해하게 되었다.

독서와 글쓰기가 성공에 큰 역할

이 책을 읽고 독서의 중요성을 다시금 상기하게 되었다. 저자는 10년간 매일 2시간씩 독서와 글쓰기는 빼놓지 않았고 이것이 자신의 성공에 큰 역할을 했다고 한다.

'게임 공략집은 웹사이트에 올라와 있지만, 인생의 공략집은 바로 책이라고 생각했다.'(자청, 『역행자』, 웅진지식하우스, 50쪽)

'이루고 싶은 게 있다면, 관련 분야 책을 10권씩만 꺼내서 훑어보라.'(자청, 『역행자』, 웅진지식하우스, 82쪽)

위의 문장들을 통해 저자가 독서를 얼마나 중요하게 여기는지 알 수 있다. 전학 간 첫날, 새로운 학교 입학, 이직으로 인한 첫 출근, 새로운 분야로의 창업 등 새로운 환경을 접하게 되면 막연한 두려움과 막막함을 느끼기 마련이다. 이럴 때 간접적으로 도움이 될 수 있는 매체는 책이다. 책은 다른 사람의 생각과 경험을 간접적으로 느낄 수 있다. 이를 통해 우리는 다양한 상황과 환경을 접하게 된다.

역행자는 1을 받으면 2를 준다

이 책에서 가장 나의 가치관을 깨부순 것은 바로 '기버 이론 – 역행자는 1을 받으면 2를 준다.'(자청, 『역행자』, 웅진지식하우스, 212쪽)는 문장이다. 다른 사람들에게 베푸는 것, 즉 호혜성이 도덕적인 부분뿐만 아니라 경제적으로도 도움이 된다고 주장한다. 역행자는 1을 받으면 2를 준다니 매우 신선한 발상이다. 현재의 우리는 이런 사람을 바보라고 생각한다. 그 바보 역할을 자청해서 하다니!

사실 수많은 발명품 아이디어는 사소한 불편함에서 온다. 즉, 사람들에게 편리함과 행복을 제공하려 노력하고 관심을 기울이면 그것이 바로 자신의 성공에도 도움이 된다는 것. 타인의 불편을 해소하려고 애쓰는 사람은 이타주의의 끝판왕이다. 어두운 데서 힘들게 일하는 사람에게 밝은 빛을 내는 전등불은 혁명적인 발명품이다. 빠르게 사랑하는 이를 만나고 싶은 이들에게 비행기는 최상의 발명품이다.

나는 지금까지 내가 배려한 것을 상대방이 모르면 의미 없다고 생각하고 내 이익을 위해서 행동했다. 이 책을 읽고 '베풂'에 대한 내 생각을 다시 정리해 보는 계기가 되었다.

이 책은 한 해를 시작하며 새로운 다짐을 할 때 읽어 보면 좋은 책이다. 책을 읽으며 지금까지 해온 내 생각이나 행동에 대해 객관적으로 돌아보고 점검해 볼 수 있어 좋았다. 올해의 삶에 대해 자기 객관화를 하고 내년에는 어떻게 살아야겠다는 지침을 세워 실천할 수 있다. 다양한 자기계발 서적이 있지만, 이 책만큼 술술 읽히고 직설적인 책은 없다. 마치 친한 친구가 조언해 주듯 솔직하게 이야기해 주는 책이다. 지금까지의 나의 삶을 점검하고 되돌아보고 싶다면, 내 삶을 좀 더 의미 있고 확실하게 발전시키고 싶다면 『역행자』 이 책을 읽어 보라!

4.

이주현 선생님의 인생책

1) 리얼리티 트랜서핑

- 운명은 얼마든지 밝게 만들 수 있다

1) 리얼리티 트랜서핑

- 운명은 얼마든지 밝게 만들 수 있다 -

학교 폭력 사건 앞에서 좌절하던 날

이 책은 나의 오랜 우울증을 치료하는 데 한몫을 해 준 책이다. 기분이 안 좋거나 몸이 아플 때 나는 이 책을 펼쳐 든다. 어두운 방에 갑자기 환한 빛이 들어오는 듯 마음이 밝아지기 때문이다.

이 책은 러시아 물리학자 바딤 젤란드가 지었다. 총 4권이다. 이 책의 메시지는 이렇다.

'내 맘대로 세상을 살아갈 무기가 있다.'

'운명을 주무를 수 있는 강력한 기법들이 있다.'

'이 세상은 당신이 원하는 대로 굴러갈 준비가 되어 있다.'

과연 그럴까, 하면서도 이 책을 읽으면서 고개가 끄덕여졌다. 특히 한 사건을 만나서 더욱 그랬다.

90년대 후반, 한 발달 장애 아이를 우리 반 아이들이 때린 사건이 있었다. 물론 학교에서나 담임이 해당 아이들을 훈육했고 상처받은 아이의 치료에 애를 썼다. 그래도 몹시 화가 난 학부모님은 방송에 내겠다고 협박을 했다. 나는 지옥에 빠진 듯 당황했고 마음은 미칠 듯 괴로움에 빠졌다. 모두 나를 위로하고 격려해 주었지만, 마음에 와닿지 않았다. 그 상황에서 나를 구해 준 것이 바로 이 책이다.

트랜서핑은 우리말로 번역하면 '갈아타기'이다. 지금 내 감정, 생각에 갇혀서 고통을 몰아주는 한 가지 문장을 쳇바퀴처럼 돌릴 때면 먼저 '아, 내가 지금 뭘 하고 있지?' 알아차린다. 그다음 새로운 생각을 선택한다.

'이 사건이 주는 밝은 면도 분명 있을 거야.'

아무리 힘든 상황 속에도 20% 좋은 면이 있다

아무리 어두운 사건에도 20% 정도는 좋은 면이 숨어 있다. 그걸 찾아보려 애쓴다. 어떻게든 이 어두운 생각의 고리를 끊어 보려 기를 쓰는 것이다. 어떤 사람은 한 우울한 생각을 쥐고 몇 년을 슬퍼한다. 침대에서 일어나지도 않고 머리를 빗지도 않고 엉망으로 살아간다. 그러다 더러는 스스로 생을 마감하기도 한다. 2023년 여름의 서이초 사건도 어쩌면 검은 생각을 꽉 붙잡고서 그 길로 따라간 것은 아닐까? 물론 여러 몹쓸 사건들에 고통을 받으면 우울증에 빠지고 결국은 진저리 치는 삶을 그만두고 싶어지기도 한다. 하지만 『죽음의 수용소에서』 책에서처럼 아우슈비츠 유대인 수용소의 참혹한 상황에서도 미래의 희망을 붙잡고 밝은 꿈을 꾸며 끝까지 버틴 이들도 있다.

생각 갈아타기 = 트랜서핑

트랜서핑의 주제는 '생각 갈아타기'이다.

한 번 어두운 생각이 들어오면 끝없이 몰려드는 먹구름 속에 덮인다. 이럴 때 나는 생각을 '선택'할 수 있다고 믿었다. 생각은 우리를 밝은 곳으로 끌고 가기도 하고 어두운 수렁으로 데려가기도 한다.

인간은 누구나 행복하기를 원한다. 그럼에도 행복에 이르는 방법은 잘 모른다. 우리의 현실을 결정하는 것은 생각과 말과 행동이라고 이 책은 말한다. 정확하게 말한다면 밝은 생각, 밝은 말, 밝은(용기 있는) 행동이 우리의 현실을 밝게 만든다.

그러나 생각은 저절로 떠오르니까 안 된다고 말하는 이들도 있다. 아니다. **생각은 선택하는 것이다.** '죽고 싶다'고 자꾸 말하면 그쪽으로 생각이 발전한다. (–) 생각은 점점 더 (–)를 불러오기 마련이다. '까마귀 많은 곳에 백로야, 가지 마라.'는 속담의 뜻도 이와 다르지 않다.

생각은 선택하는 것이다

생각을 밝게 유지하려면 어떻게 해야 할까?

가장 먼저 **자기 자신에게 잘해야 한다.** 자신의 감정을 무시하지 말아야 한다. 슬플 때나 기쁠 때나 서로 사랑하겠다는 결혼 서약처럼 자기 자신에게 언제나 다정한 사람이 되어야 한다. 혹 실수를 저질렀을 때나 잘못했을 때에도 격려와 다짐이 필요할 뿐 자책이나 비난을 안 된다.

우리 속에는 어린아이들이 살고 있다. 비난이나 질책을 싫어하고 무서워하는 아이들이 있다. 흔히 '내면 아이'라고 하고 어린 시절부터 형성된 '숨은 자아'라고도 한다. 그 아이들을 잘 달래 주고 보듬어 주어야 한다. 그들이 나의 내적 아이이다.

아이들을 난폭하게 대하고 돌보지 않고 방치하고 무시하면 병들게 마련이다. 인생 자체가 힘들어진다. 한국 사회는 경쟁 사회라 경쟁에서 지면 낙담하고 수능이 끝나면 더러 자살하곤 한다. 자신을 사랑하고 자기 인생을 사랑한다면 다시 한번 기회를 주어야 한다. 아니 끝없이 기회를 주어야 한다. 어떤 사건이 일어날 때마다 그리한다면 죽을 이유는 끝없이 많을 것이다. 좋은 생각과 말로 마음속 집안을 따스하게 만들어야 한다. 내 안의 아이들이 혼날까 무서워할 때 "내 뒤에 숨어, 내가 책임질게!"라고 말해 주자.

밝은 책을 읽어라

생각의 힘은 매우 크다. 생각을 밝게 하려면 밝은 책을 읽어야 한다. 독서는 거의 만능에 가깝다. 책을 읽으면 이런 위기에서 다른 이들은 어떻게 행동했는지 알 수 있다. 거기서 답을 얻고 지혜롭게 해결할 수 있다. 거기에 더하여 자신을 사랑하는 연습이 필요하다. 먼저 생각에 햇빛이 들어와야 한다. 이 책에서 생각을 밝히는 만트라를 인용해 볼 테니 소리 내어 읽어 보라. 읽기만 해도 마음이 어떻게 변하는지 관찰해 보라.

반갑고 유쾌한 일들의 찬란한 물결!
쨍하고 해 뜰 날 돌아온다네!
우리 안에는 사랑이 가득 넘치고 행복의 에너지가 넘쳐 난다.

얼굴이 환해지지 않는가! 마음에 빛이 쏟아져 들어오는 것 같지 않은가? 몇 가지 인상 깊은 문장을 예시로 들었듯이 나는 가끔 만트라를 한다. 민트라는 일종의 기도이다. '반유찬, 반유찬' 이라고 외운다. 반유찬은 '반갑고 유쾌한 일들의 찬란한 물결'의 줄임말이다. 특별한 기도를 하지 않아도 '반유찬'을 계속 외우면 얼굴이 실시간으로 밝아진다고 주위에서 놀라워한다.

결국 빛나는 생각과 긍정의 말은 나를 밝혀주고 내 운명을 환하게 만든다. 메아리가 되어 나의 현실을 만든다. 말의 힘은 강력하다. 생각은 말할 필요도 없다. 가장 조심해야 할 것이 생각이다. 생각을 밝게 만들면 내면 아이가 안심한다. 어두운 생각에 빠지면 가정의 부부들이 싸울 때 그 집 아이들이 벌벌 떨게 되는 것과 같은 현상이 일어난다. 적극적으로 밝게 살아보라. 인생이 밝아지고 좋은 일들이 몰려온다. **밝은 인생은 밝은 생각에서, 밝은 말은 밝은 생각에서, 힘찬 실행력은 밝은 말과 생각에서 비롯되기 때문이다.**

얼마나 좋은 일이 오려고

그때 학폭 사건은 나에게 좋은 계기가 되었다. 내 마음을 안정시키고 밝은 생각으로 돌리며 '이 일이 나에게 얼마나 좋은 결과를 줄까.' 생각하기 시작하면서부터 일이 순하게 풀렸다. 아이는 다시 회복했고 어머니는 이렇게 매듭을 지었다.

'아이 전학이나 선생님 전보 조치 같은 일은 하지 않겠어요, 그리해 봐야 아무 이득도 없어요. 앞으로 아이를 잘 보살펴 주세요.'

위기를 넘긴 순간이었다. 주변의 위로와 격려보다 이 책의 힘이 컸다. 그 후 오랫동안 내 인생을 밝게 만들어 준 이 책을 나의 인생책으로 꼽는 이유다. 이후 나는 생각을 방향을 완전히 바꾸었다. 힘든 일이 올 때면 이렇게 외친다.

"와아, 얼마나 좋은 일이 오려고?"

우리가 살아가는 인생길은 오르막 내리막이 있다. 언제나 그렇듯이 오르막이 길면 내리막도 길다. 밤이 깊을수록 새벽이 가깝다.

요즈음 명리학 공부를 하고 있다. 참 재미난 것은 각자의 운이 다르다는 것이다. 예를 들면 총알이 빗발치는 전쟁터에서도 살아남은 이들은 정말 운이 좋은 사람들이다. 대부분의 성공한 이들은 말한다. 운이 참 좋았다고! 흔히 열심히 노력하면 성공한다고 배웠는데 언제나 그렇지 않다는 걸 우리는 안다. 허망하게도 엉뚱한 쇼에 능한 이들이 기회를 잡기도 하고 그저 언변 하나 좋은 것으로 높은 자리를 꿰차는 이들도 있다.

그런데 『운을 읽어주는 변호사』의 저자는 이렇게 말한다. 저자가 별별 소송 건을 50년간 다루면서 알게 된 것은 악인은 지금 잠시 이기더라도 가정이나 다른 곳에서 불행한 일이 꼭 오더라는 것이다. 왜 악인은 바로 벌을 받지 않는가? 늘 이것이 궁금했다. 분명히 하늘의 법칙은 있다고 생각하며 살아왔는데 왜 늘 악인이 잘되는 거야? 하는 의문에 답을 받았다.

운을 버는 것은 깨끗하게 살아야 하는 데서 온다. 생각이 밝아야 한다.

생각이 밝아지려면 삿된 일을 하면 안 된다. 바르게 살려고 노력해야 한다. 선행으로 운을 벌어라, 그래야 일이 잘 풀린다.

요즈음 우리나라도 주식이나 코인 등 피땀 없이 돈을 벌려고 하는 이들이 많아졌다. 혹 돈은 들어올 수 있겠지만 그에 대한 반대급부의 일이 벌어질지 모른다. 자녀가 성실하게 학업을 하지 않으려 한다든지, 돈이 마구 새어 나가 버린다든지 사고가 나서 큰돈 쓸 일이 생긴다든지 할 수 있다.

좋은 운을 만들려면 그 삶이 깨끗해야 한다. 이런 면에서 교사들은 우위에 서 있다. 이런 교사들을 고발하고 나락에 떨어뜨리는 이들이 안타깝다. 나쁜 일도 좋은 일로 해석하는 습관을 기르면 좋다. 이 일에서 무엇을 배울 것인가, 생각해 보면 불행 중에도 감사함을 느낄 수 있다.

좋은 일은 자꾸만 되새김질하라

『리얼리티 트랜서핑』 책에서 힘들 때 나에게 힘을 준 구절들을 기록해 보며 이 글을 마치려 한다.

모든 불행은 불행을 가장한 축복이다. 겉보기에 부정적인 것에서 좋은 것을 찾아내는 것을 목표로 삼아라. 당신은 더 이상의 노력을 하지 않고도 바라는 것을 얻게 될 것이다.

소소하고 다양한 일에서 끊임없이 작은 기쁨을 느끼는 것은 아주 좋은 습관이며 원하는 것을 얻게 해 준다.

응답받고자 하지 마라. 그저 주라. 응답을 기대하지 않는 사랑을 하라. 사랑받고자 애쓰지 말고 그저 사랑하라.

좋은 일은 자주 생각하고 말하고 기뻐하고 음미하며 감사 일기로 글로 써 보고 그림도 그려라. 자꾸만 되새김질하라. 그때 내 삶은 위대한 변형이 일어난다. 나빠 보이는 일은 그저 잊어버리고 좋아 보이는 일은 자꾸만 되새김질하라. 그것이 내가 행복해지기 위해 가장 먼저 해야 할 즐거운 과제다.

5.

강경웅 선생님의 인생책

1) 소유냐 존재냐

– 소유의 시대, 한 송이 꽃으로 피어나기

2) 연금술사

– 인생의 나침반, 언제나 내 마음속에 있습니다

1) 소유냐 존재냐

- 소유의 시대, 한 송이 꽃으로 피어나기 -

나에게 가장 기억에 남는 현대자동차의 광고가 있다. "요즘 어떻게 지내냐?"라는 친구의 말에 멋진 슈트를 입은 남성이 나와서 "그랜저!"라고 대답하며 그의 성공을 자신의 소유물로 간단하게 보여 준다. 어릴 때는 그 모습이 마냥 멋져 보였다. 하지만 나이가 조금씩 들수록 아이러니함을 느꼈다.

"어떻게 지내?"

"오랜만이야, 잘 지내?"

이와 같은 질문에 우리는 '응, 그냥저냥 지내고 있지.'로 비슷비슷한 운을 떼면서 각자의 일상을 답하곤 한다. 이때 자연스레 따라오는 이야기 주제가 흥미롭다. 많은 이들이 '나'보다는 내가 무엇을 '소유'하고 있는지 궁금해한다. 신혼부부에게는 함께 하니 얼마나 행복한가를 묻기보다는 사는 집이 매매인지 전세인지, 몇 평인지, 어떤 형태의 '주거'를 소유했는지 물어본다. 또 직장인에게는 일의 보람이나 즐거움을 묻기보다는 대기업에서 일하는지 아닌지, 그리고 연봉과 복지를 궁금해한다.

자녀 이야기로 가 보자. 아이가 건강하게 잘 자라는가보다는 어떤 학원에 다녀야 하는지 혹은 어떤 공부를 해야 하는지, 스펙을 소유하기 위한 대화가 주를 이룬다.

내 상황이나 '나'의 상태에 대한 물음이 아니다. '나'가 아닌 '나'가 가진 소유물들이 그 자리를 대신하고 있다. 하지만 소유물들은 절대 '나'라는 존재가 될 수 없다. 이렇듯 소유를 늘리는 삶을 살아간다면, '가진' 것들이 사라졌을 때 삶은 허망해지고 만다.

만약 나의 소유가 곧 나의 존재라면,
나의 소유를 잃을 경우, 나는 어떤 존재인가?

(에리히 프롬, 『소유냐 존재냐』, 까치, 134쪽)

에리히 프롬은 말한다. 소유물로 나에게 의미를 부여하는 사람이 아니라, 내가 소유물들에 의미를 부여할 수 있는 사람이 되어야 한다고. 브랜드를 소유하고 소비하며 나를 그 브랜드 이미지와 유사한 사람이 된 것 같은 '기분'을 느끼는 사람이 아니라, 내가 나의 의미를 찾고 '나'라는 존재의 존재감을 확장시켜야 한다. 명품을 두른 사람이 아니라 **내가 명품이 되어야 한다**는 말이다. 나와 나의 주변 관계와 사물들에 의미를 찾을 수 있는 사람 말이다.

이런 관점에서 이 책 『소유냐 존재냐』는 내가 어떻게 존재할 것이며 소유를 어떻게 바라볼지를 말한다. 학습, 사랑, 기억, 대화 등을 포함한 우리의 일상 경험에서부터 시작한 이 책은, 소유적 실존 양식의 삶과 존재적 실존 양식의 삶을 비교하며 풀어낸다. 그리고 우리는 결국 존재적 실존 양식을 살아가야 함을 이야기한다. 그렇게 저자 '에리히 프롬'은 각자의 변화가 아닌 우리 사회 구성원이 함께 변화하며 나아가길 원한다.

이는 흑백 논리나 0과 100, 이분법의 문제가 아니다. 존재만을 추구하는 삶도, 소유만을 추구하는 삶도 있을 수 없다. 다만 나라는 존재를 어떤 '그릇'으로 정하고 삶을 담아 나가는지에 관한 문제다. 내 삶에 '존재'를 바탕으로 '소유'를 담을지, '소유'를 바탕으로 **삶에서 '존재'들을 담아 나갈지에 관한** 이야기다.

온갖 식물들의 수만큼, 온갖 씨앗들이 존재한다. 이들은 겉으로 비슷해 보이지만, 어떤 씨앗이냐에 따라 어떤 빛깔의 꽃이 피어나는지는 다르다. 같은 씨앗일지라도 줄기의 크기나 잎사귀의 수나 꽃이 피는 때가 다르다. 모든 것은 다 자라나고 커 봐야 안다. 단, 우리가 선택할 수 있는 것은, 어떤 흙에서 자라나기를 '선택'하는가이다.

나는 어떤 바램,
어떤 바람을 만들어 낼 것인가?

여기서 중요한 것은 내가 어떤 곳에서 자라나고 싶은가이다. 그 바램이 바람을 만들어 결국 내가 자라날 그곳으로 이끌 것이기 때문이다. 나아가고 싶은 방향이 뚜렷이 보여야 그곳으로 갈 수 있다.

요즘 사람들의 바람은 무엇을 얼마만큼 '갖고 있는가'이다. 자본주의 사회 속에서 무엇을 소유하고, 무엇을 소비하는지로 우리는 규정 당하고 있다. 내가 누구인지 나를 설명하거나 상대방을 인식하는 방법이 '소유'에 초점을 둔다. 무엇을 입는지, 무엇을 먹는지, 어느 곳에 사는지가 판단의 기준이다. 그게 진정한 나의 행복이라 '착각'하고 그것을 확인받는 수단으로 SNS를 활용한다. 그리고 '좋아요'의 개수를 바라보며 행복하다는 감정을 확인받는다.

이들에게 소유물의 사라짐은 '나'라는 존재감의 상실이고, 소셜 네트워크 서비스와의 단절은 단순히 소통의 단절이 아닌 내가 잘하고 있음을 확인할 대상의 부재이다. 그렇기에 우리는 이런 환경에서는 불안감을 느낄 수밖에 없다. 바로 존재의 불안이다. '나'의 바람이 담긴 내 모습을 찾으려 하지 않으니 바람에 흔들릴 수밖에 없다.

교실에서 정답이 없는 자유로운 활동에 대해서 '정답'을 여러 차례 묻는 아이들이 있다. 이들은 무엇이 옳은지 묻는다. 옳은 방법을 알고자 한다. 이때 내가 들려주는 대답은 이렇다.

"○○이는 어떤 생각으로 이렇게 했니?"

그렇게 어떤 의도를 갖고 시작했는지에 초점을 두고 활동하게끔 질문을 한다. 그리고 이를 넓혀 자신만의 방식으로 풀어갈 수 있도록 대화한다. 처음에 아이들은 생각하는 과정을 어려워하거나, 답이 틀릴까 봐 걱정하며 "그냥 정답 알려 주시면 안 돼요?"라 되묻곤 한다. 그러다 학년말이 되면 "아~ 이런 방식으로 하면 되겠는데요?" 하면서 스스로 깨닫고 자신만의 답을 스스로 얻는다. 이런 과정으로 답을 발표할 때 그 학생의 표정과 어깨는 당당하고 자연스럽다. 자신의 것을 자신감 있게 나누며 교실 속에서 자신만의 존재감을 펼친다.

소유보다는 체험의 기쁨을

이제 우리는 어디서 어떻게 꽃피울지 정해야 한다. 『소유냐 존재냐』의 저자 에리히 프롬은 존재를 바탕으로 한 삶을 살라고 한다. 존재를 바탕으로 삶을 사는 사람은 어떤 존재일까?

스스로를 깊이 의식하는 사람,

나무 한 그루라도 그냥 지나쳐서 보지 않고 진정으로 '투시'하는 사람.

(에리히 프롬, 『소유냐 존재냐』, 까치, 134쪽)

내가 무엇을 소유하고 있는지보다 체험하고 있는 것들에 대하여 생각을 깊이 머무를 수 있는 사람. 그리고 이 사유의 힘을 바탕으로 다음과 같이 '나'로부터 세상을 넓혀가는 사람일 것이다.

소유의 갈망에서 나온 것이 아니라

자기 존재에 대한 믿음과

관계에의 욕구, 관심, 사랑,

주변 세계와의 연대감을 바탕으로 한

안정감, 자아 체험, 자신감을 지닌 사람.

(에리히 프롬, 『소유냐 존재냐』, 까치, 244쪽)

이렇게 나를 '나'라는 존재로 바라보고자 하는 마음이 노란 한 송이의 꽃으로 피어나 빛을 만들 때, 그 온기를 다시 세상에 흩뿌릴 수 있을 것이다. 그 온기에 햇볕이 닿지 않는 그늘진 음지나 눈 쌓인 동토들도 따스하게 녹을 것이다. 하지만 한 송이의 꽃으로 봄이 왔음을 알리기에는 역부족이다. 누군가가 내 것보다 더 예쁘고 멋진 것을 가질까 하는 시기심과 잃어버릴까 하는 두려움들로 인한 그 차가움을 몰아내기에는 말이다. 그렇기에 우리는 나를 넘어 '우리'가 계속 살아가기 위하여 **나를 넘어서 '함께' 그 따스함을 주고받을 수 있어야** 할 것이다. 우리를 위해서, 그리고 나를 위해서.

지나친 소유욕은 사람을 썩게 한다

내가 받아들일 수 없는 지나친 욕심들은 결국 나를 부패하게 만든다. 지나친 비료는 땅을 결국 척박하게 만들고, 지나친 물은 뿌리를 썩게 만들고, 지나친 햇볕은 나를 바싹 타들어 가게 만든다. 그리고 **내가 가진 것보다는 가지지 못한 것**들에 대해 더 초점을 쏟게 한다.

하지만 꽃은 이 많은 것들을 '가지기' 위해 자라는 것이 아니다. 각자의 꽃을 '피우기' 위해 적당히 필요할 뿐이다. 피우기 위해, 자라기 위해, 성장하기 위해, 그리고 살아가기 위해 무언가가 필요하여 소유하고자 할 때, 우리는 꽃피우려는 장소가 어디든 주변과 상관없이 꽃을 피울 수 있다. 나를 세상에 뿌리내릴 수 있다. 심지어 그곳이 아스팔트이더라도 말이다.

중요한 것은 아스팔트 사이의 한 줌의 흙이다. 그리고 그 흙은 어찌 보면 주어진 것이 아니라 우리의 마음속에 있는 것이다. '나'라는 존재로. 그리고 그런 꽃들이 한 송이, 두 송이 모여 꽃밭을 만들 때, 아스팔트는 단순한 아스팔트 도로가 아닌 노란 빛깔과 민들레 향으로 가득한 봄의 길이 될 것이다. 그 길, 그렇게 함께 만들고 걸어 나갔으면 한다.

2) 연금술사

– 인생의 나침반, 언제나 내 마음속에 있습니다 –

삶이란 무엇인가?

"어떻게 살 것인가?"

"우리에게 삶이란?"

"너, 커서 뭐가 될래?"

이는 사실 답이 없는 질문이다. 그렇기에 누군가가 '정답'이란 것을 말한다면 그 자체가 모순이다. 정답을 강요하기보다는 자신에게 '나는 어떤 삶을 살고 싶은가?'라고 스스로 질문해야 한다. 그에 대한 답은 내 안에 있기 때문이다. 삶이란 무엇인가? 나는 왜 살아야 하는가? 나는 어떻게 살아가야 하는가? 이 질문은 개인적으로 어릴 때부터 지금까지 수없이 생각한 나의 화두였다.

"저는 그냥 아무 생각 없이 살아가는데요?"

삶 속에 풍덩 빠져 버려 자신이 제대로 잘 나아가고 있는지, 이 방향이 맞는지 생각해 볼 겨를도 없이 한 해 두 해 시간을 흘려보내기 쉽다. 하나의 조직 속의 톱니바퀴처럼 모든 게 잘 돌아가지만 '나'는 없는 세상을 산다. 사회라는 이름의 서로 맞물린 톱니바퀴들 사이에서 '나'라는 톱니바퀴는 돌아가고 있다. 내가 톱니바퀴를 돌려서 다른 톱니들이 돌고 있는 것인지, 내 의지와 상관없이 톱니바퀴들 사이 무언가로부터 내가 돌려지고 있는지조차 모른다. 그럴수록 **'나'를 만나는 시간이 필요하다. 사람들 속에서 깨어나 내가 '나'를 만나는 순간이 필요하다.** 그렇게 깨어나고 싶을 때 나는 이 책 『연금술사』를 펼쳐 본다.

마음에 따라 방향이 정해지는 나침반

본래 나침반은 항상 N극이 북쪽을 가리키고 S극이 남쪽을 가리킨다. 누가 사용하느냐에 상관없이 항상 동일하다. 하지만 여기에 특이한 나침반 하나가 있다. 이 나침반은 때와 상황에 따라 누가 손에 쥐고 있느냐에 따라 그 방향이 달라진다.

"아니 그러면 누가 써? 고장 난 것 아니야?" 할 수 있다. 그렇지만 이 나침반을 정말로 바라는 무언가를 생각하며 **온 마음을 담아 움켜잡을 때, 그쪽으로 방향을 가리킨다**면 어떨까? 이야말로 환상적인 마법이다.

이때 우리는 이 나침반이 어디를 가리키는지 보기 전에, '내가 정말로 바라는 것이 무엇인지' **먼저 내 마음속을 들여다봐야 한다.** 즉 내 마음을 들여다볼 '시간'이 필요하다. 다른 사람의 목소리와 바람으로 채워진 내 마음의 나침반은 내가 바라던 방향과는 반대의 극을 가리킬 수 있기 때문이다.

감사하게도 난 10살 때부터 품었던 초등 교사라는 꿈을 23살에 이루었다. 처음에는 행복과 충만감으로 가득 찬 1년을 보냈다. 그런데 한 가지 물음이 문뜩 떠올랐다.

'이제 나는 무엇을 목표로 살아가야 하지?'

10살 때 존경하던 은사님처럼 아이들에게 선한 영향력을 끼치는 삶을 살고 싶어 택한 일이었지만 직업 특성상 매년 똑같은 1년을 반복해야 한다는 게 답답했다. 부정적이지는 않지만 공허하게 느껴졌다. 이를 어떻게 채워야 할지, 이런 내 삶의 방향성에 대한 물음에 스스로 답할 수 없으니 반복되는 삶 속에서 정답 없는 생각만 빙글빙글 돌았다.

이삿짐을 정리하다 우연히 이 책을 다시 마주쳤다. 마침 어떻게 살아가야 할지 고민하던 차에 만난 책이라 깊은 생각에 빠졌다. 이제 단순한 '직업인'으로서가 아닌, **어떤 교사가 되고 싶은지 생각했다.** 마침내 '○○○한 교사'라는 목표를 세웠다. 그 ○○○을 채우기 위해 노력하는 삶을 살아가기로 정하고 나니 머리가 가뿐해졌다. 마음이 다시 뜨거워졌다.

교사의 전문성을 키우기 위하여 진로, 독서, 경제 교육에 뜻을 두기로 했다. 자연히 주말과 방학은 관련 내용을 공부하거나 연수를 듣는 소중한 시간으로 채워졌다. 교실은 꿈과 행복을 중심으로 하는 진로 중심 경제 학급 교육과정이 이루어지고 있다. 그동안 아이들과 함께 10권의 그림책을 만들었고 이를 수업 시간에 다시 활용하며 아이들과 함께 행복하게 살아가고 있다.

내면적으로는 나를 만나고 알아가기 위한 공부에 뜻을 두게 되었다. 먼저, 독서로 내면을 다지기로 했고 어느덧 10년째 독서 모임에 참여하고 있다. 그동안 다양한 책 속에서 나를 만났지만, 이 책『연금술사』는 잠시 멈춰 서서 고개를 들고 방향을 가늠해 보고 싶을 때마다 나의 나침반이 되어 주는 고마운 책이다.

코엘료 – 내면의 소리를 듣다

저자 파울로 코엘료는 어릴 때부터 작가의 꿈을 키웠으나 기술자로 자라기를 바라는 부모님과의 갈등으로 우울증과 분노에 가득 찬 청소년기를 보냈다. 성장해서 감독이자 배우, 기자, 작곡가로 활동했고 동양철학과 연금술을 공부하며 영적 탐구도 했지만 만족하지 못하고 회의에 빠졌다.

하지만 그는 스스로 **내면의 소리에 귀 기울이기 시작했고 어디로 나아**

가야 하는지 알게 되었다. '자아의 신화'를 바탕으로 본인의 운명의 길을 깨닫고 그 길을 담담하게 걸어가게 된 것이다.

이 책의 내용은 스페인의 양치기 소년 산티아고가 보물을 찾아 이집트의 피라미드로 떠나는 이야기로 시작된다. 다양한 사람들을 만나며 성찰하는 길 위의 사색이다. 그가 만난 사람들과 상황들은 우리의 삶에서 부딪치는 일들의 은유적 상징이다. 예를 들면 크리스털 상인의 이야기에서 우리는 용기에 대해 생각해 볼 수 있다. 또 사막의 오아시스에서 만난 운명의 연인 파티마에서는 꿈과 사랑에 대해서 숙고해 볼 수 있다. 여기서 중요한 것은 단순히 보물이나 도착지가 아닌 내가 겪는 과정 그 자체이다. 그렇게 나만의 길 위에서 내 의지를 담아 세상을 바라볼 때, 세상 또한 이에 감응하여 **'외부의 표지'**들로 화답하게 된다.

자아의 신화는 소망하는 대상

이때 **자아의 신화란 우리가 항상 이루기를 소망하는 대상**이다. 누군가의 바람이 아닌 내 마음의 소리에 귀 기울여 드러난 소망이다. 마음의 소리에 귀 기울일 때 비로소 자기 앞에 놓인 자아의 신화와 행복의 길이 눈에 보이기 때문이다.

학창 시절, 경주로 수학여행을 갔다. 그때의 나는 경주의 문화재가 아닌 친구들과의 시간이 소중했다. 그렇기에 버스에서 잠시 내려 둘러보는 다소 따분하게만 느껴졌다. 이와 달리 대학생 때 여행한 봄의 경주는 완전히 달랐다. 자전거 페달을 직접 밟으며 돌아다닌 경주의 속 풍경은 나에게 흑백을 넘어 선명한 색깔로 남았다. 내 의지가 담기자 의미가 피어났다. 연홍빛의 벚꽃으로 경주의 봄은 물들어 있었고 내 마음도 분홍의 설렘으로 가득 찼다. 이처럼 비슷한 여정일지라도 내가 어떤 마음으로 보느냐에 따라 색깔은 달라진다. 하다못해 작은 여행도 이와 같은데 하물며 인생이란 긴 여정은 어떠할까? 그러니 더더욱 **마음의 소리에 귀를 기울여야 하지 않을까?**

이제 '외부의 표지'에 대해 말해 보자. 이것은 우리에게 익숙한 론다 번이 쓴 책『시크릿』의 '끌어당김의 법칙'을 통해 설명할 수 있다. **'내가 정말로 바라는 것은 온 우주가 나를 도와준다.'**라는 내용이다. 확실히 내가 진정으로 바라는 것들은 내 눈에 더 잘 보인다. 내가 정말 바라는 것은 기회로 다가오며 우리에게 '표지'라는 형태로 찾아온다. 예를 들어, 자동차를 사려고 하면 갑자기 자동차가 눈에 들어오기 시작한다. 그러다 관심도 크게 없던 바퀴 4개 달린 '것'들의 '이름'을 묻고 들여다보기 시작한다.

이처럼 마음이 바라는 것들을 눈으로 바라보고, 느끼고, 행동해야 한다. 그렇다면 자연스럽게 표지들은 다른 표지들로 연결되어 점과 점이 연결되고, 그리고 선이 된다. 그렇게 밤하늘의 무수한 별들 속에서도, 각각의 별들이 마음의 소리를 따라 선으로 이어져 각자의 별자리가 만들어지듯, 인생에서 나만의 별자리를 만들어 나갈 수 있게 된다.

요약하면 이렇다.

※ 내면적 표지 – 마음의 소리 – 자아의 신화 – 항상 이루기를 소망하는 것

※ 외부의 표지 – 끌어당김의 법칙 – 우주의 도움 – 눈에 보이는 기회

중요한 것은 내면의 바람에 몸과 마음을 싣는 것

결국 내가 아닌 다른 사람들의 소리로 이루어진 삶이란 길 위를 걷는다면, 우리의 마음은 밖에서 불어오는 바람결에 따라 이리저리 휘청거리게 된다. 그러기에 우리는 **마음 안에서 불어오는 바람 소리를 느껴야 한다.**

금빛을 넘은 별빛이 되자

나는 이 책을 자신의 꿈을 찾고 싶거나 어떤 삶을 그려보고 싶은지 궁금한 이들에게 권하고 싶다. 자아의 신화를 의식하든 못하든, 이를 행하며 살아가는 우리의 삶에 가치를 부여하는 이 책을 한 번 펴 보기를 바란다. 삶에 대하여 스스로 질문을 던지며 찾아가는 시간을 갖길 바란다.

또 내 삶이 잘 나아가고 있는지, 주기적으로 방향을 확인하는 나침반

으로서 곁에 두었으면 한다. 예전 뱃사람들은 밤하늘의 북극성을 보고 바른길로 가고 있는지 방향을 판단했다. 북극성을 하나의 나침반으로 삼고 가고자 하는 길을 나아간 것처럼 이 책 『연금술사』가 여러분들의 북극성이 되었으면 한다. 그리고 나로부터 시작된 점으로 세상이란 밤하늘에 선을 이어 나가 여러분들만의 별자리를 만들기 바란다. 그렇게 우리 모두 금빛을 넘어선 각자의 별빛으로 반짝이길 소망한다.

6.

김효민 선생님의 인생책

1) 그릿

- 재능은 잊어라, 그릿이 당신을 키운다

2) 자기계발의 말들

- 당신은 지금보다 훨씬 더 나아질 수 있다

1) 그릿

- 재능은 잊어라, 그릿이 당신을 키운다 -

자신의 재능을 찾았는가?

자신의 소질이 무엇인지 알고 있는가? 혹시 '타고난 게 없어서 뭘 해야 할 지 잘 모르겠어.'라고 생각하지 않는가? 빛나는 재능이 없어 자신에게 실망하고 있다면 이 책 『그릿』을 꼭 권하고 싶다.

'그릿'이라는 개념을 처음 접한 것은 『물고기는 존재하지 않는다』라는 책에서였다. 그릿은 한 사람의 삶에 뚜렷한 목표를 제시하고 방향성을 유지하게 만드는 원동력이라고 하여 매우 인상적이었다. '그릿'이 도대체 무엇이기에 목표를 향해 명확한 확신으로 밀어붙이게 하는 걸까? 나 역시 그런 '그릿'을 가질 수는 있을까?

재능 부족이란 좌절감에서 성공으로 나아가는

저자 **앤절라 더크워스**는 신경 생물학, 경영 컨설턴트, 고등학교 교사를 거친 심리학 교수다. 인간의 의지와 자기 절제에 대한 심도 있는 그의 연구는 '그릿'이라는 개념에 도달하게 했다. 이로써 많은 이들이 재능 부족이라는 좌절감에서 성공으로 나아가는 방법을 찾을 수 있게 되었다. 저자는 투지나 불굴의 의지와 같은 단어를 포함하는 '그릿'의 핵심은 사실 '열정과 끈기'라고 주장한다. **우리 삶에 필요한 것은 재능이나 IQ 같은 선천적 요인이 아닌 열정과 끈기**라는 점을 과학적 근거와 함께 다양한 사례를 들어 설명하고 있다.

책을 읽으며 내 고민이 떠올랐다. 나는 하고 싶은 것도 관심 있는 분야도 많다. 하지만 나의 재능이 무엇인지 모르고 또 소질이 없는 탓에 실패할까 늘 시작을 주저했다. 나뿐만 아니라 대개 사람들은 재능이 없으니 성공하지 못한다 생각하고, 실패할까 두려워 도전하지 못한다.

하지만 성공을 위해 필요한 것은 재능이 아니라 '그릿'이라고 이 책은 말한다. 그렇다면, '그릿' 역시 타고나는 것은 아닌가? 물론 개인마다 차이는 있지만, 이 책에 의하면 **'그릿'은 개발 가능한 능력**이다. 나 역시 '그릿'을 통해 성장할 수 있을까? 이 질문에 대해 내가 책에서 찾은 몇 가지 답을 소개하고 싶다.

'그릿'에 대한 설명을 읽을 때 문득 떠오른 문장이 있다.

'강한 자가 살아남는 것이 아니라, 살아남은 자가 강한 것이다.'

이 말은 진화론으로 유명한 영국의 생물학자 찰스 다윈의 말이다. 우리는 성공한 사람을 보며 그 사람의 재능을 높이 사지만, 사실 그 성공은 '그릿'을 가진 이가 끝까지 **포기하지 않은 신념의 결과물이다.** 재능이 아니라, '그릿'이 있었기 때문에 끝까지 살아남는다. '그릿' 을 가진 자는 강한 열정과 투지로, 어떠한 역경에도 포기하지 않고 끝까지 자신의 목표를 달성한다. 어떤 실패에 맞닥뜨릴지라도 포기가 아닌 재도전의 발판이 되어 주는 마음의 근육이 바로 '그릿'이다. 실패를 대하는 자세가 어떠해야 하는지 저자가 한 학생과 나눈 대화 속에서 찾아볼 수 있다.

미래의 기업가로 자신을 소개하며 투지와 열정으로 사업에 대해 열렬히 설명하는 한 학생과의 만남에서 저자는 '그릿은 강도보다 지구력이 더 중요하다'고 짚어 주며 1, 2년 정도 사업을 진행해 본 뒤 다시 전자 우편을 보내 달라고 했다. 학생은 몇 년씩 같은 사업을 하지는 않을 것 같다고 답했다. 이에 저자는 답했다.

"단지 열심히 한다고 그릿이 있다고 하지는 않아요. 그건 그릿의 일부분일 뿐이죠."

"왜죠?"

"우선 탁월성에 도달하는 데는 지름길이 없기 때문이에요. 진정한 전문 기술을 개발하고 대단히 어려운 문제를 이해하기까지는 시간이 걸리죠. 대다수의 사람들 이 생각하는 그 이상의 시간이 걸려요. 그런 다음에 그 기술들을 적용해서 사람들에게 가치가 있는 재화와 용역을 생산해 내야 해요. 로마는 하루아침에 이루어지지 않죠." (앤절라 더크워스, 『그릿』, 비즈니스북스, 84~85쪽)

저자의 말은 **오랜 시간 계속할 수 있는 일을 찾아야 한다**고 들린다. 그 일은 어떤 일일까?

"정말 중요한 점은 이거예요. 그릿은 학생이 매우 관심이 많아 **계속 고수할 용의가 있는 일에 노력을 기울이는** 거예요."

"자신이 사랑하는 일을 하는 것이군요. 이해했습니다."

"맞아요. 자신이 사랑하는 일을 하는 거지만 그냥 사랑에 빠지면 안 되고 **사랑을 지켜 나가야만 하죠.**" (앤절라 더크워스, 『그릿』, 비즈니스북스, 84-85쪽)

새로운 시작은 늘 설레고 두근거린다. 하지만 화려한 시작에 비해 우리를 기다리는 삶은 지루하게 반복된다. 그 과정에서 우리의 방향성을 유지하고 불씨가 꺼지지 않게 도와주는 것이 '그릿'이다. 분명 탁월성에 도달하는 과정에는 실패와 어려움이 거듭될 것이다. 그럼에도 꺾이지 않는 의지가 중요하다는 점을 기억해야 한다.

재미가 없어도 꾸준히 하면 '아하' 깨닫는 즐거움이

난 댄스 스포츠 학원에 다닌 지 1년 반 정도 되었다. 처음 학원을 등록할 때만 해도, 오래전부터 기대해 온 새로운 시작에 마음이 두근거리고 신이 났다. 그런데 두어 달쯤 지나자 귀찮음이 설렘을 이기는 날이 많아졌다. 집에서도 거울을 보고 연습하던 내 모습 대신에 의무감으로 집을 나서는 나를 보곤 했다.

'그릿'이 부족한 사람이라면 이쯤에서 사랑이 식었나 봐, 하고 그만두겠지만 나는 내 안의 '그릿'을 성장시켜 보기로 했다. 화려한 무대 위 멋진 공연 뒤에는 지루한 연습이 있다는 것을 받아들였다. 어느 날에 만날지 모르는 나의 하이라이트를 기다리며 노력을 게을리하지 않기로 했다. 이런 내 마음을 대변해 준 구절이 있다.

"열심히 하는 거죠. 재미가 없을 때도 해야 할 일은 해야죠. 왜냐면 결과를 달성하면 엄청 즐거우니까요. 마지막에 '아하' 하는 즐거움. 이 때문에 먼 길을 참고 가는 것입니다."(앤절라 더크워스, 『그릿』, 비즈니스북스, 183쪽)

나 역시 마찬가지였다. 처음 몇 달은 즐거운 마음으로 춤을 췄고, 그 후 몇 달은 귀찮았다. 퇴근 후 피곤한 몸을 이끌고 학원에 갈 때면 한숨이 절로 나왔다. 그때 『그릿』을 읽으며 나에게도 '아하!' 하는 순간이 올

것을 믿고 스스로 북돋아 주었다. 책에서 설명하는 의식적인 연습도 했다. 어떤 지점을 주의하며 연습할지 생각하는 것. 마음처럼 되지 않는 한 동작을 열 번이고 스무 번이고 반복하는 것. 계속 나를 괴롭히는 바로 그 동작에 내 근육과 정신을 한 지점에 온통 쏟았다.

마침내 그 긴 과정을 거쳐 스스로 만족할 만한 '아하!' 하는 순간을 마주했다. 그 순간은 기나긴 연습 과정을 즐거움으로 바꾸었고, 앞으로도 춤을 지속할 수 있는 원동력이 되었다. 아하! 하는 순간을 만나면 도전과 고통이 **'힘든 것, 어려운 것'이 아닌 '성장하는 것, 돌파하는 것'이라는 인식**을 길러 준다.

'그릿'을 몰랐을 때는 막연히 열심히 하자라고 생각했지만, '그릿'을 만난 지금, 나는 스스로의 성장을 객관적으로 바라보고 잘 다듬어 인생의 거름으로 쓸 수 있게 되어 매우 기쁘다. 마지막에 '아하!' 하는 즐거움. 그 순간의 느낌은 마주해 본 사람만 알 수 있다. 그 지난한 시간이 이 순간을 위한 것이었구나! 그 순간 내 안의 '그릿'이 한층 더 성장한 사실과 스스로에 대한 자기 확신이 커진 것이 뿌듯하고 자랑스러웠다.

나를 죽이지 못한 고통은 나를 강하게 한다

니체의 말이다. 실패는 피할 수 없는 관문이며, 고통은 도처에 산재해 있다. 이때 이런 물음을 던져 보는 것이 어떨까?

"좋아, 여기서 배울 점은 뭐지?"

책에서는 '그릿'을 성장시키는 방법으로 스스로에게 희망을 가르치라고 한다. 그 단계는 다음과 같다.

성장형 사고방식 – 낙관적 자기 대화 – 역경을 극복하려는 끈기

(앤절라 더크워스, 『그릿』, 비즈니스북스, 256쪽)

우리의 뇌는 성장을 멈추지 않는다. 그러니 성장할 수 있다는 믿음을 갖는 것이 중요하다. 재능은 타고난 것이니 새로 개발할 수 없다는 생각부터 바꾸어야 한다. 실패에 주저앉는 대신 여기서 무엇을 배워 다시 일어설 것인가를 생각해야 한다. 거기에 낙관적 자기 대화를 통해 회복 탄력성을 길러 준다면 역경을 이겨 낼 수 있는 '그릿'이 무럭무럭 성장할 것이다.

나는 가족, 친구 등에게 '너는 참 마음이 약해.'라는 말을 종종 들었다. 과거에는 유약한 나 자신을 부족한 사람으로 여겼다. 쉽게 상처받고 실패에 주저앉는 자아상이 불만스러웠다. 하지만 '성장형 사고방식'으로 자신을 바라보기로 마음먹은 지금은 나에게 이렇게 말해 준다.

"내가 약하다고? 맞아, 나는 약해. 물론 약해서 쉽게 지치기도 해. 하지만 약하다는 말이 다시 일어서지 못한다는 뜻은 아니야. 스스로를 다독이고 에너지를 모아서 **다시 나아갈 거야.** 그리고 그전보다 좀 더 강해지지."

성장형 사고방식을 가진 사람은 실패를 실패로 남겨 두지 않는다. 그 실패가 나를 무너뜨리지 못하게 한다. 오히려 실패의 과정에서 맷집이 강해지고 더 큰 어려움에도 맞설 수 있게 한다. 실패 속에서 배우고 다시 도전한다면 실패는 오히려 성공의 디딤돌이 되어 버린다.

천재는 될 때까지 하는 사람

'그릿'은 삶을 대하는 태도이다. 타고난 재능만으로는 진정한 성공을 얻을 수 없다. 천재는 **'매일, 조금씩, 될 때까지 탁월성을 추구하는 사람'**이라는 작가의 말처럼 지금부터 '그릿'을 길러 나가면 지루한 일상이 반복될 때에도 열정과 끈기를 잃지 않고 목표를 향해 나아갈 수 있다. 재능을 찾지 못해서, 지금의 삶이 내 의도대로 흘러가는 것인지 알 수 없어 헤매고 있다면 이 책을 통해 '그릿'이라는 삶의 이정표를 찾았으면 한다.

2) 자기계발의 말들

– 당신은 지금보다 훨씬 더 나아질 수 있다 –

세상에는 무수히 많은 자기계발서가 있다. 화려한 표지로 사람들을 멈춰 세우고 폼 나는 경력을 내밀며 성공 신화로 독자들을 유혹한다. 그 옆에서 소박하게 자기 자리를 지키는 들꽃 같은 책이 있다. 지금 소개할 나의 인생책이 그런 책이다. 바로 SNS 계정 '재수의 연습장'을 운영하고 있는 재수 작가의 책 『자기계발의 말들』이다.

일상에 발을 붙인 자기계발서

나는 자기계발서와 친하지 않았다. 이 책을 통해 얼마나 많은 이들이 성공 가도를 걸었는지 소개하는 말들, 이 책을 읽고 나면 당신의 인생은 절대 실패할 수 없다고 확언하는 말들, 그런 말들이 나에겐 부담이다. 자기계발서는 마치 화려한 놀이공원과도 같다. 강렬한 권유와 희망찬 문장이 나를 매혹시키고, 책을 읽는 동안에는 무엇이든 해낼 수 있을 것 같은 기분이 든다. 하지만 책을 덮으면 다시 현실로 돌아온다. 신나는 나팔 소리는 잦아들고 무채색의 삶이 나를 기다린다.

이 책은 일상을 뛰어넘으라 요구하지 않는다. 발을 단단히 땅에 붙이라고 한다. 당장 내 삶이 혁신적으로 달라져야만 성공이라 말하지 않는다. 일상을 유지하며 그 안에서 내가 할 수 있는 만큼 자기계발의 실험을 해볼 것을 권유한다. 이 실험은 다른 자기계발서가 말하는 판타지처럼 우리의 삶을 뒤집어 놓는 것이 아니다. 삶의 작은 부분이라도 나아지는 과정을 직접 경험할 수 있도록 도와주는 실험이기에 편안한 마음으로 변화에 도전할 수 있다. 그 예로 인상 깊은 작가의 실험 한 가지를 소개하겠다.

기적의 구간이 주는 엄청난 효과

작가는 직접 실험을 통해 '기적의 구간'을 발견했다. 53쪽에 나오는 작가의 실험 과정 글을 직접 인용해 본다.

"여덟 시간의 충분한 수면(중요!) 뒤에 기상해서 맞이하는 첫 서너 시간, 하루 중 이때만큼 능률이 좋은 때가 없다. 한동안 그 시간에 운동을 했다. 운동으로 몸을 깨운 다음 주요 과업을 수행하면 능률이 더 오를 것 같았다. 진행이 더디기에 순서를 바꿔 봤다. 그랬더니 이번에는 주요 과업의 능률이 오르고 운동할 때 집중력이 떨어졌다. 작업실에서 홈트레이닝을 주로 하기에 차이를 확연히 느낄 수 있었다. 이 시간에 책을 읽으니 책이 술술 읽히고 평소와는 다른 인사이트를 많이 얻었다. 글쓰기도 마찬가지였다. 드로잉이나 만화 작업도 유난히 더 잘 되는 게 느껴졌다. 내 나름의 실험에 성공하고 나서부터는 이 시간대를 '기적의 구간'이라 부르기 시작했다. 뭘 하든지 내가 끌어올릴 수 있는 최고 수준의 능률로 활동할 수 있었다."

(재수, 『자기계발의 말들』, 유유, 53쪽)

이어서 작가는 의지력이 아닌 기적의 구간에 발을 담그는 효과를 자랑한다.

"기적의 구간을 받아들인 뒤로 일과를 계획할 때 큰 변화가 생겼다. 우선 의지력만으로 해낼 수 있다는 자만과 자기 과신을 버렸다. 그리고 갖고 싶은 루틴이나 배우고 싶은 것이 있다면 그 활동을 일정 기간 '기적의 구간'에 담갔다가 뺐다. 여덟 시간의 충분한 수면 뒤에 맞이하는 **첫 서너 시간 동안 기적이 일어난다. 여기에 어떤 활동을 넣느냐에 따라 인생의 방향이 그쪽으로 기울어질 것이다.** 즉, 그 시간의 활동을 통해 자신의 뇌와 인생을 주체적으로 디자인할 수 있게 되는 것이다."

(재수, 『자기계발의 말들』, 유유, 53쪽)

나 역시 작가를 따라 내 일과 중 가장 효율이 높은 때를 찾는 실험을 해 보았다. 나는 아침잠이 상당히 많은 올빼미형 인간이어서, 작가처럼 눈을 뜨자마자 갖는 아침 시간은 좀처럼 활용이 어려웠다. 대신 퇴근 후의 나를 몰입으로 이끄는 방법을 찾아보았다.

나의 '기적의 구간' 실험은 다음과 같이 진행했다.

1) 퇴근하고 집에 돌아오면 지체하지 않고 이어폰을 낀다.
2) 빠른 템포의 음악과 함께 서둘러 집을 정리하고 거슬리는 물건들을 치운다.
3) 저녁 식사는 미리 준비 해둔 재료로 신속하고 간단하게 해결한다.
4) 개운하게 씻고 책상 앞에 앉는다.
5) 무엇에도 한눈팔지 않고 나만의 시간에 돌입한다.

집에서 나를 기다리는 자질구레한 일들을 망설이지 않고 해치워 버리면, 남은 시간을 온전히 몰입에 활용할 수 있다. 나에겐 이 시간이 '기적의 구간'이다. 따로 작업 공간이 존재하지 않는 나에겐 **온전한 몰입을 위한 환경 조성이 곧 '기적의 구간'으로 가는 열쇠**였던 것이다.

온전한 몰입의 시간을 확보하고 가장 먼저 시작한 것은 독서였다. 흐트러진 옷가지를 정리하고 너저분하던 식탁 위가 깔끔해지니, 비로소 어느 것에도 눈길을 빼앗기지 않고 독서에 집중할 수 있었다. 평소라면 책을 몇 장 넘기다가, 이내 식탁 한쪽에 밀어 놓은 잡동사니에 눈길을 빼앗긴다. 한 번 집중력이 흐트러지면 습관처럼 핸드폰을 찾는 것은 자연스러운 수순이었다. 반면, 잘 정돈된 환경은 나에게 '기적의 구간'을 만들어주었고 어느 때보다도 심도 있는 독서를 할 수 있었다. 지지부진하게 미루던 책들도 이 몰입의 시간에는 진도가 쭉쭉 나가는 것을 보며 능률의 차이를 확연히 느꼈다. 이후로도 밀도 있는 작업이 필요할 때에는 '기적의 구간'을 조성하고 몰입의 시간을 갖게 되었다. 이 책을 읽고 많은 이들이 자신만의 '기적의 구간'을 찾고 몰입의 기쁨을 느끼기 바란다.

100개의 문장, 100배의 통찰

이 책에는 독서, 일상, 인터뷰 등 여러 방법으로 수집한 100개의 문장과 그에 대한 작가의 통찰이 담겨 있다. 작가의 시선을 따라가다 보면 그 문장에 대한 내 생각, 나만의 해석을 쌓아 볼 수 있다. 책 속에는 유명 도서의 익숙한 구절도 있고, 아내의 말 한마디와 같이 작가의 개인적인 경험도 담겨 있는데, 작가의 덧붙인 설명을 통해 그 깊이를 심화하는 재미가 있다. 또 나의 경험을 떠올리며 통찰하기에 좋다는 점에서도 곁에 두기에 참 좋은 책이라 여겨진다. 작가가 담은 것은 100개의 문장이지만 작가가 덧붙인 설명을 읽으며 자신을 돌아보고 그에 대한 자신의 통찰까지 더해 본다면, 100개의 문장을 넘어서 100배로 자신의 사고를 확장할 수 있을 것이다. 다음의 예를 공유하고 싶다.

'그냥 해' 요정

무언가를 구상할 때 내 머릿속에는 '아닌데 요정'과 '그냥 해 요정'이 나타난다. 그냥 해 요정은 내가 아닌데 요정의 태클에 의기소침해 있을 때 가끔 나타나서는 아닌데 요정의 기준을 싹 다 무시해도 괜찮다며 들릴 듯 말 듯 이렇게 속삭인다.

"…그냥 해."

그러면 나는 또 신나게 쓰고 그려 보는 것이다.(재수, 『자기계발의 말들』, 유유, 131쪽)

이 페이지를 읽으며 나도 덩달아 신이 났다. 스스로 가졌던 자기 의심과, 그럼에도 불구하고 내 직관대로 밀어붙이고자 하는 자기 확신을 설명할 수 있는 적절한 표현을 만났기 때문이다. 우리는 모두 '아닌데 요정'과 '그냥 해 요정'을 품고 산다. '아닌데 요정'이 기세를 부릴 때 우리 마음속에서 꿈틀거리던 기개도 아이디어도 힘을 잃고 만다. 우리를 기죽이는

'아닌데 요정' 대신 **'그냥 해 요정'에게 밥을 주어야 한다.** 덕분에 잘됐어. 그냥 해 보길 잘했어라고 '그냥 해 요정'에게 힘을 실어 주다 보면 자기 확신이라는 소중한 지원군이 생긴다.

따스한 단어와 그림이 주는 위로

신기루처럼 수많은 SNS 계정 중 재수 작가를 알게 되어 나 역시 '더 나아지는 과정 속의 나'를 만들어 갈 수 있었다. 작가 특유의 따뜻한 감성과 세상을 향한 섬세한 시선은 읽는 이로 하여금 자신을 돌아보게 한다. 작가의 신중하고 따스한 단어와 그림체로 위로를 받을 수 있었다. 나 역시 이런 문장을 쓸 수 있는 잘 다져진 사람이 되고 싶다는 생각이 들었다.

이 책은 창작자로서 가져야 할 작업 태도, 행복에 대한 고민, 내공을 기르기 위한 과정을 준비하는 이들에게 꼭 추천하고 싶은 책이다. 무너진 일상에서 습관을 바로잡고 싶은 사람, 스크린 기기의 달콤함에 빠져 어떻게 자기 조절 능력을 되찾아야 할지 모르겠는 이들에게도 이 책은 새로운 방법을 제시해 줄 수 있다. **우리는 완성을 목표로 삶을 사는 것이 아니라 더 나은 내일을 만들기 위해 사는 것**이니까 말이다.

〈 작고 쉬운 행복 〉 출처: 인스타그램 @jessoo 재수의 연습장

7.

나유빈 선생님의 인생책

1) 타이탄의 도구들

-세계적 거장들의 성공 비결, 한 권으로 몰아 보기

2) 게으른 완벽주의자를 위한 심리학

-계속 미루는 습관 교정법

1) 타이탄의 도구들

- 세계적 거장들의 성공 비결, 한 권으로 몰아 보기 -

흘러가는 일상이 아깝다고 느껴 본 적 있는가?

변화는 필요한데 무엇을 어떻게 해야 할지 모를 때가 있다. 나는 보통 일 년이 지나고 그 해를 되돌아볼 때 뚜렷하게 한 일을 말할 수 없으면 심한 자기계발 욕구를 느낀다. 이럴 때 『타이탄의 도구들』을 읽으며 삶의 의욕을 다시 불러일으킨다. 이 책은 자기계발서의 성서라고도 불리는데 그만큼 많은 이들이 읽고 인정하는 자기계발서이다. 다소 가벼운 표현으로 한 줄 요약한다면 '세계 최정상 거장들의 인생 꿀팁 모음집'이다.

이 책의 저자 팀 페리스는 누구인가?

팀 페리스는 강연가, 기업 컨설턴트, 작가이며 세계 굴지의 유명 기업인 페이스북, 알리바바, 우버 등의 초기 투자자로 선구안을 지녔다. 이 책은 작가가 팟캐스트인 〈팀 페리스 쇼〉를 진행하며 만난 200명이 넘는 타이탄들과 나눈 대화에서 알게 된 정보와 조언을 기록한 정리본이다. 여기서 '타이탄'이란 자신의 분야에서 최정상에 오른 이들을 의미한다. 최정상에 오른 유명인들의 인생 비결을 모두 모았으니 당연히 얻을 게 많은 책이다.

나를 움직여 행동하게 하는 책

나는 자기계발서를 선호하지 않았다. 자기계발서를 읽으면 마치 홈트레이닝 영상을 보는 것과 같았다. 유튜브 알고리즘에 뜬 홈트레이닝 영상의 섬네일에서 제시하는 운동의 효과가 딱 나에게 필요하다며 영상을 시청하지만 눈으로 보는 것일 뿐 여전히 누워 있다. 그 모습이 자기계발서를 읽는 내 모습과 겹쳐 보였다. 당연하지만 책의 지침을 따라 실제 행동을 해야 의미가 있다. '구슬이 서 말이면 무엇 하나, 꿰어야 보배지.'라는 속담이 딱 나에게 맞는 말이다. 이런 생각을 깨뜨려 준 책이 바로 『타이탄의 도구들』이다. 이 책을 읽으면 잠잠했던 마음에 활력의 불씨가 타오르기 시작한다. 실천의 의지가 불타올라 '열심히 해야 하는데.'라는 생각을 실행으로 옮기게 해 준다. 이 책이 가진 힘이다.

작은 실천이 주는 성취감

이 책은 여러 타이탄들의 일화와 실천 사항들의 나열로 구성되어 있다. 짧은 호흡으로 씌어 있어 읽기 쉬우며 내 발전을 위해 당장 실천해 볼 수 있는 것들이 구체적으로 나타나 있어 친절하다. 예를 들면, '승리하는 아침을 만드는 5가지 의식'으로 **잠자리 정리, 명상, 차 마시기, 스트레칭의 반복, 아침 일기 쓰기**가 제시된다.

이 간단한 것들을 실행한 결과, 작으나마 성취감을 맛보았고 생활의 변화가 일어났다. 우선 잠자리 정리하기는 하루의 시작을 열어 준다. 주말 아침에, '일어날 필요가 없구나.' 하고 잠자리 정리를 하지 않으면 그날의 일상이 무너진다. 일어나 침대를 정리하면 기상 시간을 끝맺고 이후의 시간으로 나아갈 수 있다. 정신없이 바쁜 아침에도 마찬가지다. 이 정리는 3분도 걸리지 않는다. 이부자리 정리를 하면 한 가지를 해냈다는 성취감으로 하루를 시작할 수 있다. 차 마시기와 함께 할 수 있는 아침 일기는 참 좋은 시간이다.

○월 ○일. 나의 아침 일기

침대에서 벗어나기 쉽지 않다. 그래도 오늘은 고대하던 음식점에 가는 날이다. 타코를 먹으며 행복한 저녁 식사를 해야지. 그전에 꼭 해야 할 건 ○○ 업무 처리하는 거. 오늘의 목표는 미루지 말고 계획 실행하기.

잘해 보자. 자주 실패한다 해도 성공하는 날이 실패하는 날보다 더 많아지도록 하루하루 만들어 가는 것이 궁극적 성공이니까.

실제로 얼마 전 쓴 나의 아침 일기이다. 정말 짧다. 차 마시는 시간이 쓰는 시간보다 더 길 정도로 아침 일기는 보통 5분도 안 걸린다. 하지만 오늘의 기분 좋은 일, 기억해야 할 일, 하루 목표 및 다짐이 간단하게 모두 들어간다. 아침에 이를 떠올리고 정리하며 하루를 시작하는 것과 아닌 것은 차이가 크다. **아침 일기를 쓰면서 자기효능감이 높아졌고 알찬 하루를 보낸다는 기대감과 성취감이 느껴졌다.** 혹여 만족스러운 하루를 보내지 못했더라도 스스로 점검하며 다시금 다짐할 기회가 되어서 좋다.

에너지업 되는 책

내 삶에 만족하고 날 사랑하며 받아들이는 건 중요한 일이다. 하지만 나를 받아들이고 사랑하는 것은 그저 내 머리를 쓰다듬고 웅크리며 안주하는 것이 아니다. 어느새 조금씩 나태함이 쌓여서 제자리에 머무르는 나에게 사랑이 아닌 아쉬움을 느낄 때, 다시 움직일 동력이 필요할 때, 그 불씨 역할을 해 주는 나의 인생책이다.

『타이탄의 도구들』에서 다루는 이야기들은 성공에 대한 이야기만이 아니다. 성공, 삶의 지혜, 건강 등 우리가 살아가며 필요한 것들을 종합적으로 풀어낸다. 그래서 자주 손이 가고 몇 번이고 꺼내 보게 된다. 밑줄

처둔 곳을 살펴보면서 잊었던 삶의 태도를 떠올리고 다시 내 삶에 적용할 수 있어 좋다. 물론 타이탄들이 제시하는 이 모든 지침들을 다 실천할 수도 없고 각각의 타이탄들도 이 모두를 실천한 건 아니다. 이 조언 중 나의 상황에서 필요한 태도를 취사선택하여 삶에 적용한다. 물론 이를 실천하며 발전의 길로 한 걸음 내딛는 것은 여전히 스스로에 남겨진 몫이다. 이 책은 그럴 마음이 들게 만든다. **따라 할 수 있게 에너지를 준다!**

2) 게으른 완벽주의자를 위한 심리학

- 계속 미루는 습관 교정법 -

언젠가 게으름을 피우는 사람들은 완벽주의 성향을 가졌기 때문이라는 말을 들은 적이 있다. 모든 게으름뱅이가 그런 것은 아니겠지만 미루기로 인해 자괴감을 자주 느끼던 나도 혹시 완벽주의 성향을 지녀 그런가 하는 생각이 들었다. 그러던 중 이 책을 만났다.

게으른 완벽주의자를 위한 심리학이라니

읽기 전에 내 맘대로 내린 자가 진단은 이렇다.

–완벽하게 해내고 싶은데, 정말 잘하고 싶은데 그러기 어려워 보이니 애초에 시작하지 않는 것 같다.–

이 책은 나의 그럴듯하지만 근거 없는 진단을 뇌 과학적 지식과 심리학으로 뒷받침하며 이해도를 높여 주었다. 내 생각과 정확하게 맞아떨어지는 책이다. 원인을 자세히 알면 이를 해결할 방안도 알 수 있기에 나의 미루는 습관 교정을 위해서 먼저 '미루기'에 대한 이해가 필요했다.

미루지 않는 건 쉽지 않아

미루기에도 여러 스타일이 있다. 원인에 따라 대처 방법이 달라지며 적용해야 하는 전략도 다르다. 나는 시작을 어려워하는 스타일로 일에 막상 손을 대면 집중력이 있지만, 그 시작이 어렵다. 책을 읽다 아래 문장을 읽고 생각이 바뀌었다.

'일을 시작할 수 있는 **비결은 그것이 쉽지 않은 것임을 인정하는 것**이다.' (헤이든 핀치, 『게으른 완벽주의자를 위한 심리학』, 시크릿하우스, 58쪽)

일이 쉽지 않다는 것을 인정한다면 어려운 일을 하기 위한 전략적인 마음가짐을 갖게 된다. 그런데 나는 반대로 생각했다. "금방 끝낼 수 있을 거야, 그러니 시작하자." 이 마음가짐은 금방 하니 나중에 해도 될 거라는 미루기 결정으로 연결되었다. 일을 미루다 밤에 울며 겨자 먹기로 새벽 늦게까지 할 일을 하고 잠을 충분하게 자지 못하는 날들이 잦았다. 그러다가 일은 쉽지 않은 것이라고 담담하게 인정하고부터 일의 시작 시간을 당기는 것을 연습해 나갔다. 그러자 잠 부족으로 피로한 날들이 조금씩 줄어들었다.

미루기 해결 전략

책을 읽으며 미루기에 대한 이해도와 나의 미루기 스타일을 알게 되었다. 그래서 어떻게 노력해야 미루지 않을 수 있을지 구체적인 실천 방법이 중요한 포인트였다. 이 책은 미루기 원인에 대한 분석만으로 끝나지 않고 원인과 뒷받침 근거에 기반을 두어 미루기를 해결하기 위한 행동 방향을 제시한다. "미루기는 사실 내 탓이 아니고 뇌의 문제야."라고 회피하는 것이 아니라 어떤 프로세스로 내가 과업을 미루는지 알고 해결을 위해 어떻게 노력해야 할지 적용 방법을 제시한다는 점이 이 책의 장점이다.

자기 자비와 엄격함 사이에서

미루는 습관을 개선하지 못하는 사람들이 가져야 할 마음가짐으로 제시되는 것 중 하나가 자기 자비이다. 자기 자비를 가지고 나에게 너그러워지는 것과 지켜야 할 부분에 있어서 엄격해지는 것, 둘 다 미루는 습관을 개선할 때 가져야 할 태도이다. 미루는 습관을 개선하기 위해 노력해 가며 느낀 점은 나에게 너무 너그러워 해이해지거나 너무 엄격해서 절망을 겪으며 자기 비난을 하는 것, 둘 모두 과함을 경계해야 한다는 것이다. 사실 둘 사이에서 적정선을 지키는 게 쉽지 않다. 미루는 습관을 바꾸기 위한 노력을 하는 와중에도 또 미루기도 한다. 그럴 때 나는 '또 이런다. 내가 그렇지, 뭐.'라고 생각하며 자기 비난을 하기도 하고 '몇 번 못할 수도 있지.'라며 나에게 과한 너그러움을 가지기도 했다. 이럴 때는 내 생각을 바라보고 자기 인식을 하려 노력했다. 이를 통해 과한 너그러움과 과한 비난을 조절할 수 있었다. 오랜 여정인 습관 변화의 기간에서 자기 인식을 통한 완급 조절은 꼭 필요하다.

습관 변화를 위한 66일

나는 이 책을 읽으며 책에서 제시되는 전략들을 활용해 미루기 습관을 개선하고자 노력했다. 슬프게도 변화는 금방 일어나지 않았다. 하지만 포기하지 않고 더욱 노력할 수 있었던 것은 습관의 변화에 대한 언급이었다.

'최근 연구에 따르면 새로운 습관을 형성하는 데에는 18일에서 254일 사이의 기간이 소요되며, 평균적으로는 66일 정도 걸린다. 66일 동안 시간만 보내는 것이 아니라 정말 열심히, 꾸준히, 매일 노력해야 한다. 그러니 진심으로 미루는 습관을 떨쳐 내고 싶다면 앞으로 적어도 두 달은 새로운 전략을 시도하고 역경을 극복할 각오를, 고생하고 절망감을 느끼고, '이걸 대체 왜 해야 하지?'하는 의문을 극복할 각오를 다져야 한다.'(헤이든 핀치, 『게으른 완벽주의자를 위한 심리학』, 시크릿하우스, 102쪽)

당장 빠르게 변할 수는 없기 때문에 절망과 극복의 시간이 필요하다는 것, 그리고 변화를 위해 정말 꾸준히 노력해야 한다는 것을 인식하게 되어 앞으로의 노력을 다짐할 수 있었다.

사람은 누구나 하고 싶지 않은 일을 미루고 싶은 마음이 있다. 한 번도 미루기를 하지 않은 사람은 없다. 누구나 하는 일이지만 미룬 일로 발생하는 피해의 정도, 빈도수에 따라 그게 문제인지 아닌지 나뉜다. 일을 미뤄 아무에게도 피해를 주지 않았고, 자주 미루지 않는다면 문제가 없다. 그러나 일을 미루는 행동으로 누군가에게(자신도 포함하여) 피해를 주었거나 미루기 횟수가 잦다면 그건 고치기 위해 노력할 문제다. 만약 미루기로 인해 위기감을 느껴 본 사람이라면 이 책을 읽어보는 것을 미루지 않았으면 좋겠다.

8.

민유진 선생님의 인생책

1) 모순

– 인생이란 원래 지독한 모순이다

2) 신경 끄기의 기술

– 그저 그런 자기계발서는 버려라

1) 모순

– 인생이란 원래 지독한 모순이다 –

당신은 소설을 좋아하는가? 나는 소설에 그다지 흥미가 없다. 이런 나에게 소설에 흥미를 느끼게 한 책이 바로 양귀자 작가의 『모순』이다. 이 책은 1998년 출간된 장편소설로 현재 132쇄까지 인쇄된 베스트셀러이자 스테디셀러이다. 그만큼 많은 이들이 인생 책으로 꼽는 책이라 그 이유가 궁금했다.

『모순』에 대해 이야기하기 전에, '모순(矛盾)'이라는 단어의 유래에 대해 먼저 짚고 넘어가 보자. 모순(矛盾)은 '창 모'에 '방패 순'으로, '창과 방패'라는 뜻이다. 무엇이든 다 뚫는 창과 무엇이든 다 막아내는 창이 만나면 어떻게 될 것인가? 우리 삶에는 이런 창과 방패 같은 모순된 상황들이 많다. 예를 들면 세상에서 가장 가깝고 사랑하는 사이라 해도 이별을 고하는 순간 세상에서 가장 미워하는 사이가 된다. 또 물질적으로 풍요롭다 해도 마음은 빈곤할 수 있고, 그 반대의 상황도 있을 수 있다. 이런 모순적인 상황과 고민이 잘 녹아든 소설이라 독자의 마음을 매혹시키나 보다.

인생은 모순이다

주인공은 90년대 당시 25세인 결혼 적령기 처녀 '안진진'이다. 어느 날, 진진은 외쳤다. "내 인생, 이렇게 살아서는 안 돼! 나의 온 생애를 다 걸어야 해!"라고 부르짖는다. 이후 1년간 진진의 삶과 선택에 대한 이야기가 흥미진진하게 펼쳐진다. 하지만 '무엇을 따라도 모순의 벽과 맞닥뜨리는 인간의 삶에 대한 여정'이라는 작가의 말처럼, 진진은 열심히 살아 보려 하지만 어쩔 수 없는 삶의 모순들을 계속 만난다.

이 책에는 여러 가지 모순적 장치들이 등장한다. 주인공의 이름부터 심상치 않다. 부정어인 '안'에 참 '진'이라는 두 낱말이 만났으니 평생 '진짜가 될 수 없는' 이름이다. 또 일란성 쌍둥이인 엄마와 이모는 완벽하게 똑같은 삶을 살다가 결혼으로 인해 다른 삶을 살아간다. 시한폭탄 같은 주정뱅이 아빠와 달리 평화롭고 예측 가능한 선택만을 하는 이모부, 이 두 남자로 인해서이다. 진진 역시 결혼 적령기가 되어 두 명의 남자를 놓고 고민한다. 감성적이고 예측할 수 없는 남자 '김장우'와 계획적이고 모든 것을 예측하려 하는 남자 '나영규'. 마치 아빠와 이모부를 보는 것 같은 두 남자 중에 진진이 더 끌리는 사람은 누구이며, 어떤 선택을 할지 지켜보는 재미가 쏠쏠했다.

타인의 불행으로 위로받는 나

이 책은 나에게 그동안 어렴풋이 느껴왔던 '모순적인 인간의 삶'을 다시 되돌아보는 계기가 되었다. 특히 나의 뒤통수를 한 대 친 문장이 있다.

'나의 불행에 위로가 되는 것은 타인의 불행뿐이다. 그것이 인간이다. 억울하다는 생각만 줄일 수 있다면 불행의 극복은 의외로 쉽다.'

이 문장이 등장한 이유 또한 모순적이다. 진진은 사랑하는 남자를 위로 해주고 싶은데, 사랑하는 사람 앞에서 진실한 모습을 보여 주지 못한다. 사랑하는 남자의 불행을 자신의 불행으로 위로해 주지 못한다. 우리는 **타인의 불행을 통해 안타까워하기보다 오히려 위로받고 안도하는 모순적인 존재들**이다. 나 또한 타인의 불행에 공감하고 슬퍼해야 한다고 가르치면서, 막상 TV에서 각종 범죄, 전쟁 관련 소식을 들으며 '너무 안타깝지만, 내가 아니라서 다행이다'라고 생각한다. 이 책은 더 이상 이렇게 생각해서는 안 된다는 깨달음을 준다.

무엇을 선택해도 모순이니

인간의 삶에 100% 옳은 판단 혹은 그른 판단이란 없다. 무엇을 선택해도 양면성과 모순이 있을 수밖에 없다. 이를 반증하듯 마지막에 나오는 진진의 결혼 상대 선택은 읽는 이들의 고개를 갸우뚱하게 만든다. 누구는 불행하다고 말하는 선택이었지만, 결국 본인이 살아 보지 않았던 인생을 선택한다. '뜨거운 줄 알면서도 불 앞으로 다가가는 모순'임에도 그런 선택을 했던 이유는 무엇일까? 인간의 삶은 살아 보지 않고는 알 수 없는 법이기에 지금까지 동경해 왔던 삶을 선택했으리라. 진진의 선택에 의문이 들면서도, 사실 나라도 비슷한 선택을 했을 것 같다는 생각이 든다. '인생은 살아가면서 탐구하는 것이고 같은 실수를 반복하는 것이 인간'이라는 진진의 말에 깊이 공감하기 때문이다

한 번뿐인 인생을 미리 경험해 보라

인생을 어떻게 살아가야 하는지 고민하는 사람이라면 이 책을 꼭 읽어 보길 권한다. 이 책의 마지막에 등장하는 작가의 말을 빌리자면, '소설이란 허구의 이야기를 통해서 한 번뿐인 삶을 반성하고 사색하게 하는 장르'이다. 인생은 자신이 경험한 한계를 넘어갈 수 없기에 소설을 통해 간접적으로 경험하는 것이 필요하다. 『모순』은 삶에 대해 사색과 통찰을 얻을 수 있는 소설이다. 생각할 거리가 많은 책이다. 소설이라는 장르에 대한 흥미와 필요성을 느낄 수 있는 책이다. '진진'과 함께 인생의 모순에 대해 치열하게 고민해 보지 않겠는가.

2) 신경 끄기의 기술

- 그저 그런 자기계발서는 버려라 -

애쓰지 마라, 노력하지 마라!

이 책은 나에게 '하지 말아야 할 것'을 알려 준 책이다. 최근 독서, 강의 등을 통해 자기계발을 하려고 노력하면서, 해야 할 것만 잔뜩 있는 것 같아 조급한 마음이 들었다. 미라클 모닝도 해야 하고, 감사 일기도 써야 하고, 러닝도 해야 하고…. '해야 할 것'을 알려 주는 자기계발서의 홍수 속에서 '하지 말라'고 하는 책은 흔치 않다. 첫 장의 제목부터 "애쓰지 마, 노력하지 마, 신경 쓰지 마."인 것만 봐도 이 책의 방향을 알 수 있다. 인생을 노력 없이 대충 살라는 이야기일까? 처음 이 책을 봤을 때는 인생에 대한 회의론적 이야기일 것이라 예상했다. 하지만 책을 덮을 때는 인생을 정말 책임감 있게 살아야겠다는 생각을 했다.

이 책의 저자인 마크 맨슨은 200만 명이 넘는 구독자를 지닌 미국에서 가장 영향력 있는 파워블로거 중 하나다. 각종 매체에 칼럼을 기고하며, 글로벌 컨설팅 회사를 운영 중이기도 하다. 하지만 그는 고등학교 시절 마약에 손을 대고 퇴학을 당했으며, 대학을 졸업한 후에도 직업을 갖지 못해 친구네 집 소파를 전전하던 백수였다. 삶의 초년기에 밑바닥과 실패를 경험한 것이다. 저자는 이런 경험이 오히려 자신의 인생을 성공하게 했다고 믿는다. 이 책은 실패를 딛고 성공한 저자가 알려 주는 삶에 대한 깊은 통찰이다.

중요하지 않은 것은 신경 끄세요

이 책은 '신경 끄기의 기술'답게 신경을 끄라고 한다. 모든 것에 신경을 끄라는 말이 아니다. 인생에서 중요한 것들에 집중하며, 중요하지 않은 것들을 향해 "꺼져."라고 말한다. 목표에 따르는 '역경'에 신경을 끄는 것이다.

어차피 이 세상에 태어난 이상 고통과 문제에서 벗어날 수 없다. **역경을 있는 그대로 인정하고 헤쳐 나갈 방법을 생각하는 것이다.** 내 탓이 아닌 문제라도, 내 인생에서 일어난 문제는 다 내 책임이라고 생각하는 자세가 필요하다.

문제가 있다면 더 나은 문제로 바꾸자

그렇다면 행복은 어디에서 올까? 모든 것을 가지고, 아무런 문제가 없으면 행복해질까? 이 책의 저자는 '아니'라고 한다. 아무런 문제가 없는 삶은 존재하지도 않을뿐더러, 오히려 문제가 있어야 행복해질 수 있다. 인생의 진정한 의미를 찾고 행복해지기 위해서는 문제를 조금 더 나은 문제로 바꾸는 과정이 필요하다. 계단의 정상에 서는 것이 행복이 아니라, 계단을 오르는 그 자체가 행복이고 의미인 것이다. '즐기는 자가 성공한다'라는 말보다, '고통을 견디는 자가 성공한다'에 더 가까운 개념이다.

성공하기 위해 고통을 선택

내 인생에서 이 말이 가장 잘 와닿았던 경험은 고3 때다. 전교 100위권 이상이던 내가 전교 10위권 안으로 들어가려고 이를 악물었을 때, 그때는 성적을 올리기 위해서 주저 없이 고통을 선택했다. 수능 공부를 해야 할 예비 고3인데 수학을 잘 못해서 중학교 수학책부터 다시 봤다. 남들은 2000단어, 3000단어짜리 영어 단어책을 볼 때 나는 5000단어짜리 책을 찾아서 외웠다. 즐겁지 않았다. **고통의 결과로 전교 1등을 찍고, 엄청난 성적 상승이 일어났을 때 비로소 즐거워졌다.** 즐기게 된 건 뒤의 일이다. 아빠 말로는 내가 고3 때 제일 표정이 좋고 얼굴이 좋았다고 한다.

아무런 성과가 없는데 그저 즐기며 성공하기란 어렵다. **성공하기 위해선 고통을 주저 없이 선택해야 한다.** 당연한 말이지만, 내 인생의 나침반이 되어 줄 중요한 문장이 될 듯하다.

이유 없는 칭찬은 특권 의식만 키워

이 책에서 가장 기억에 남았던 내용은 자존감과 관련된 내용이다. 우리 사회에 '자존감 열풍'이 불면서 자존감이 높은 아이가 성공한다는 믿음이 널리 퍼졌다. 부모님과 교사들은 아이들의 자존감을 높여 주기 위해 "넌 뭐든 할 수 있어.", "네가 최고야!"와 같은 말을 남발했다. 하지만 이 아이들은 커서 자존감이 아닌 '특권 의식'과 '허세'로 가득한 어른이 되었다. 좋은 일이 생기면, 자기가 뭔가 놀라운 일을 해냈기 때문이라고 생각하고, 나쁜 일이 생기면, 누군가 자기를 시기해서 콧대를 꺾어 놓으려 하기 때문이라고 생각한다. 진짜 자존감이 아닌 나르시시즘에 가득한 사람이 되어 버린 것이다. 이 부분은 지금까지의 교사로서 나의 삶을 다시 되돌아보게 했다. '칭찬은 고래도 춤추게 한다'라고 하지만, 아이들에게 남발했던 이유 없는 칭찬이 과연 효과가 있었을지, 혹은 역효과가 되진 않았을지 말이다.

신경 쓸 것이 많아 머리가 복잡할 때 읽어 보면 좋은 책이다. 나 또한 이런 상황에서 책을 읽었다. 완벽한 답을 찾은 것은 아니지만 생각을 정리하고 인생의 우선순위를 매기는 데 큰 도움이 되었다. 선입견을 깨는 쓴소리와 적절한 예시로 버무려진 이 책을 읽다 보면, 어질러진 서랍을 정리하듯 어느새 마음이 편안해질 것이다.

9.

박은경 선생님의 인생책

1) 소년과 두더지와 여우와 말

– 이렇게 초라한 나지만 사랑해 줄래?

2) 참을 수 없는 존재의 가벼움

– 서툰 사랑이 지닌 슬픔의 얼굴

1) 소년과 두더지와 여우와 말

- 이렇게 초라한 나지만 사랑해 줄래? -

"안녕."이라는 인사로 소년과 두더지는 만난다. 너무 작아서 마치 검은 점처럼 보이는 두더지는 수줍다는 듯 말한다. "난 아주 작아." 소년은 두더지를 두 손으로 들어 올리며 대답한다.

"그러네. 그렇지만 네가 이 세상에 있고 없고는 엄청난 차이야."

(찰리 맥커시, 『소년과 두더지와 여우와 말』, 상상의 힘. 3쪽)

21세기 어린 왕자 같은 책

수많은 검은 점 중 진짜 친구가 탄생하는 순간으로 시작하는 이 책은 영국의 유명한 일러스트 작가인 찰리 맥커시의 작품이다. 그는 원래 그림만 그리고 싶었지만 그림은 언어의 바다를 통과해야 닿을 수 있는 섬과 같다고 생각해 이 책을 썼다고 한다. 그리고 그의 말대로 그의 그림은 언어의 바다를 유영하여 더욱 아름답게 탄생했다.

어떤 이들은 이 책을 '21세기 어린 왕자'라고도 하는데 어떤 별칭을 붙이든 초반 몇 개의 질문만으로 어린 왕자만큼이나 우리의 순수함을 흔들어 깨워 생각에 잠기게 한다는 사실은 분명하다. 가령 이런 것들이다.

"이다음에 크면 어떤 사람이 되고 싶어?"

"친절한 사람."

"넌 성공이 뭐라고 생각하니?"

"사랑하는 것."

(찰리 맥커시, 『소년과 두더지와 여우와 말』, 상상의 힘, 7쪽)

경제적 자유, 내가 좋아하는 창작 활동을 하는 것 등등을 성공이라 생각했던 나는 뭔가 내 대답이 옹색하게 느껴졌다. 내가 생각한 돈, 일과 같은 것들은 외연적인 것일 뿐 그것들을 이룬다고 정말 행복해질까? 곁에 사랑하는 사람이 없다면? 그 모든 것을 나눌 사람이 없다면 별 의미가 없다. 결국 나는 사랑하는 사람과 함께 하고 싶어 돈을 벌고 일을 하고 싶은 것이다. 작가는 이러한 본질을 꿰뚫어 보며 화려해 보이는 목표를 좇느라 우리가 진정 추구해야 할 삶의 가치를 잊지 말라고 당부한다. 그리고 그것은 결코 힘들거나 멀리 있는 것이 아니라 아주 단순하고 사소한 것이라 지금 당장이라도 선택만 하면 된다고 한다. 검은 잉크로 빠르게 스케치한 듯한 소박한 그림이 '우리가 추구하는 행복한 삶도 이러해야 한다.'라고 말해 주는 듯하다.

존재 자체로 인정해 주는 사랑

이 책에는 소년과 두더지 말고 여우와 말도 나온다. 소년은 외롭고, 두더지는 케이크에 집착하며 여우는 상처가 많고 말은 유순하다. 마치 나처럼, 그리고 우리처럼 각자의 장점과 단점을 갖고 있다. 그러나 그들은 서로 이해하고 감싸며 거친 들판을 함께 헤쳐 나간다. 소년은 걱정하지만 두더지는 그 걱정을 날려 버린다.

"내가 얼마나 평범한지 네가 속속들이 알게 될까 봐 때로는 걱정이 돼."

"사랑은 네가 특별하길 요구하지 않아."

(찰리 맥커시, 『소년과 두더지와 여우와 말』, 상상의 힘. 58쪽)

나의 나약함과 초라함을 들킬까 봐 용기 내서 한 말에 누군가 이렇게 말해 준다면 난 그 자리에서 눈물을 흘릴지도 모른다. 우린 모두 어딘가 부족한 사람들이니까. 특별하지 않아도 존재 자체로 인정하고 사랑하는 것은 우리가 소중한 사람에게 할 수 있는 가장 큰 사랑이다. 그리고 나 자신에게도 그렇게 할 수 있다.

그저 일어서서 계속 나아가기만 해도 용기 있고 대단한 일이다

한참 일 때문에 힘들고 사람 때문에 외로울 때 이 책을 만났고 '성공은 사랑하는 것'이라는 페이지를 SNS 프로필 사진으로 올려놓으며 위로받기도 했다. 일로 인한 실패는 과정일 뿐이며 내가 사랑하는 사람이 곁에 있다면 나는 똑바로 잘 가고 있다는 생각을 했다. 지금도 사소한 좌절이나 욕심에 눈이 가려지는 것처럼 느껴질 때면 이 책의 한 페이지를 편다. 때로는 그저 일어서서 계속 나아가기만 해도 용기 있고 대단한 일이라는 말에 한 발짝 더 나아갈 힘을 얻는다. 어떤 페이지를 펼쳐도 한 편의 멋진 미술 작품을 보듯 아름다움과 울림을 주는 책, 내가 힘들고 외로울 때 위로받았듯 소중한 사람에게 말없이 건네고 싶은 인생책이다. 때로는 쑥스러워서, 때로는 내 언어의 한계로 하지 못하는 사랑과 우정의 말을 이 책으로 대신하고 싶다.

"넌 성공이 뭐라고 생각하니?"
소년이 물었습니다.

"사랑하는 것."
두더지가 대답했어요.

2) 참을 수 없는 존재의 가벼움

- 서툰 사랑이 지닌 슬픔의 얼굴 -

참을 수 없는 존재의 가벼움인가 존재의 참을 수 없는 가벼움인가

이 책은 우선 제목이 근사하다. 참을 수 없는 존재의 가벼움.[1] 우리는 누구나 존재의 본질에 대해 고민한다. 어쩌면 죽을 때까지도 정답을 알 수 없는 근엄한 질문이다. 그런데 그러한 존재론에 '참을 수 없는 가벼움'이란 수식을 한 작가의 의도는 무엇일까. 삶을 가볍게 대하는 '어떤 존재'를 참을 수 없다는 것인지, '인간의 존재가 원래 가볍다'는 것을 참을 수 없다는 것인지 궁금해진다. 작가는 1968년 일어났던 체코의 민주화 운동, '프라하의 봄'과 그 이후 소련의 체코 점령을 배경으로 토마시와 테레자, 사비나, 프란츠 네 사람이 겪는 사랑의 여정을 통해 이 질문에 답하고 있다.

---

1) 번역본의 원래 제목은 '견딜 수 없는 존재의 가벼움'이었는데 출판사 대표가 반드시 '참을 수 없는 존재의 가벼움'으로 해야 한다고 고집했고 이후 한동안 '참을 수 없는' 시리즈가 유행했다고 한다. 이 책이 우리나라에서만 백만 부가 팔린 데에는 제목도 한몫을 단단히 했다.

토마시와 테레자,
– 그들의 사랑은 서로에게 감옥이 되었다

보헤미아의 작은 술집에서 일하는 종업원인 테레자는 자신을 하대하는 어머니와 계부와 함께 살며 생계를 위해 어릴 때부터 일을 해왔다. 그녀의 삶과 운명은 언제나 무거웠으며, 그녀는 사랑 또한 숙명적이고 무거워야 한다고 믿었다. 우연히 출장길에 이 술집에 들른 토마시는 그녀에게 명함을 건넸고, 열흘 뒤 테레자가 그가 사는 프라하로 오면서 둘은 동거를 시작한다. 그러나 바람둥이였던 토마시는 테레자와 동거를 하는 와중에도 끊임없이 다른 여자들과 동침을 하고 테레자는 질투와 슬픔에 몹시 괴로워하면서도 그를 너무도 사랑하기 때문에 떠나지 못한다. 더 많이 사랑하는 쪽이 약자가 되는 연인 사이에서 그녀는 항상 약자였으며 멋진 외모와 의사라는 사회적 지위를 이용하여 쉽게 여자들을 만나는 토마시를 늘 불안해한다. 그리고 급기야 토마시가 당장이라도 10년 정도 늙어버려 자신처럼 사랑 앞에 나약해지기를 바란다. 토마시 역시 테레자와의 사랑이 쉬운 것만은 아니었다. 그도 그럴 것이 그는 철저히 성욕과 수면욕을 분리하여 생각하는 사람이었고 복잡하고 성가신 관계는 만들지 않기 때문이었다. 그렇기에 그녀와의 동거 자체가 그에게는 큰 희생이었고 생활을 송두리째 흔드는 변화였다. 물론 동거 중에도 다른 여자와의 가벼운 만남을 포기하지 못하는 것은 모순이었지만 괴로워하는 테레자를 보며 그도 서서히 죄책감을 느끼고 변화해간다.

사비나와 프란츠,

– 선을 벗어나면 자유를 찾을 수 있을 거야

토마시의 개방적인 태도를 이해하는 유일한 친구인 사비나는 화가로서 당시 정치 상황을 포함하여 정형화된 형식과 개인을 억압하는 모든 규범을 거부한다. 그 거부의 방법은 배신이다. 그녀가 홧김에 프라하 출신의 싸구려 배우와 결혼하고, 피카소처럼 전통적 형식이 파괴된 그림을 주로 그리는 것은 모두 아버지와 사회주의 리얼리즘을 배신하기 위한 방법이었다. 이혼 후에는 토마시와 '에로틱한 우정'(토마시는 그들의 관계를 이렇게 부른다.)을 나누면서 또 다른 존재 프란츠와도 애인처럼 지낸다.

프란츠는 젊어서부터 과학자로 인정받은 유능한 교수이다. 그는 테레자와 같이 또 다른 무거움을 상징하는 인물로 안정되고 성공적인 길만을 걸어온 탓인지 사비나의 열정과 자유분방함에 흠뻑 빠진다. 하지만 이미 유부남이었던 그는 어느 순간 그녀와의 관계를 숨기는 거짓된 생활을 더 이상 지속하고 싶지 않아 아내에게 자신의 외도를 사실대로 말해 버린다. 그는 사비나와 영원히 행복할 것이라고 기대했지만 사비나는 즉시 그를 떠난다. 그녀는 일반적인 연인 관계의 형식조차 파괴하고 배신하고 싶었던 것이다. 그녀는 이 모든 것을 키치(kitsch)라고 부른다.

키치(kitsch) = 모조품

키치란 오리지널을 흉내 낸 모조품, 싸구려로 미학적 가치가 떨어지는 것을 뜻하는 미술 용어다. 예를 들면 유럽 중세 궁전 모양으로 지은 모텔 같은 것이다. 책에서는 공산주의가 쓰고 있는 아름다움의 가면, 정치인들이 내세우는 일련의 유토피아적 이미지, 나아가 삶을 상투적으로 규정짓는 모든 허례허식을 키치라 부른다. 그것은 실제가 아니라 허상이기 때문이다. 인간의 삶은 먹고, 싸고, 섹스하고 이런 본능적인 행위의 반복이다. 더러움과 추함이 늘 함께한다. 그래서 단순히 더럽고 추한 것이 키치한 것이 아니라 그러한 것들이 아예 없었다는 듯 위선을 떠는 태도 자체가 키치스럽다고 한다.

사회규범이나 교양에 묶인 사람들이 보기에 토마시와 사비나는 경박하고 부도덕하다. 그러나 시선을 바꾸어 토마시와 사비나의 눈으로 본다면 성과 사랑 앞에서 체면이나 교양을 따지는 것은 위선이며 거짓이다. 정말 가벼운 자는 누구인가? 명분, 사상 뒤에 숨어 역사와 인간을 재단하고 겁박하는 자들인가? 있는 그대로의 본능과 추함을 받아들이고 그 삶에 충실한 토마시와 사비나인가?

무거움과 가벼움 사이에서 균형잡기

처음 작가는 테레자를 통해 마치 '토마시라는 존재의 가벼움'을 '참을 수 없는 그 무엇'인 것처럼 묘사한다. 그러나 자세히 들여다보면 토마시와 사비나의 삶을 통해 형식과 통념에 억압되지 않고 자유롭고 가볍게 사는 것이 존재의 실존 이유라고 설명한다. 그렇다고 가볍게 산다는 것이 모든 가치를 무작정 거부하고 회피함을 의미하지는 않는다. 사비나는 아버지와 공산주의, 마지막엔 프란츠를 피해 무거움을 거부하지만 더 이상 거부할 그 무엇이 남아있지 않자 허무를 느낀다. 그리고 어쩌면 일생 동안 자신의 적은 키치라고 단언하고 다녔지만, 어머니를 잃은 후 자신의 존재 깊숙한 곳에서는 화목한 가정이라는 키치를 품고 살았을지도 모른다고 생각한다.

사비나와 달리 토마시는 테레자의 무거움을 받아들인다. 그는 테레자를 따라 망명지인 스위스를 떠나 다시 프라하로 돌아가는 바람에, 정치적 압박을 받고 의사를 그만둘 수밖에 없었다. 그리고 유리창 청소부가 되어 시골에서 테레자와 조용히 나이 들어간다. 테레자가 원하던 대로 나약한 사람이 되어 그녀 곁에만 머물 수 있게 된 것이다. 그녀는 그때까지 자신이 약자라고 생각했으나 실은 끊임없이 그를 의심하고, 자신의 고통을 전시하며 그가 그녀를 따를 수밖에 없도록 괴롭혔다. 그리고 그제야 그가 자신을 사랑한다는 확신을 갖기 위해 너무 멀리왔다고 후회하지만 이미 늦었다. 그럼에도 토마시는 자신은 행복하다고 말하고 두 사람은 슬픔 속에서 행복을 느낀다. 그는 겉으로는 가볍게 살았지만 누구보다 삶의 실체를 무겁게 받아들여 살고 있었다.

춤추듯이 살라

사비나의 가벼움과 테레자의 무거움 모두 일그러진 삶을 만들었다. 사비나의 도피적인 가벼움은 철저히 쾌락과 편리함을 선택하면서 고통과 어려움은 외면했다. 그렇기에 사랑도 가족도 온전히 자신의 것이 될 수 없었다. 그저 겉만 화려한 껍데기에 불과한 삶이었던 것이다. 테레자 역시 자신이 갈망하던 대로 토마시를 곁에 둘 수 있었으나 환희가 아닌 슬픔 속에서 행복을 느낀다. 테레자가 사랑을 지키기 위해 최선이라고 믿었던 무거운 행위들이 토마시의 삶을 서서히 망가뜨렸기 때문이다. 그렇게 서툴렀기에 토마시와 테레자의 사랑의 형식은 슬픔이었다. 그렇다면 우리는 이 무거움과 가벼움의 어디쯤에서 균형을 잡아야 하는 것일까? 이 책의 첫머리에 언급된 철학자 니체는 춤추듯이 살라고 한다. 피할 수도, 마음대로 되지도 않는 고난과 역경의 연속인 인생의 파도를 외면하지도 괴로워만 하지도 않는 서퍼의 삶을 살라는 것이다. 그것은 사비나처럼 파도를 피하는 것도, 테레자처럼 고통 속에서 파도에 휩쓸리는 것과도 다르다. **파도를 오롯이 받아들이되 내가 주인이 되어 그것을 지배하고 즐기는 것**을 뜻한다. 그렇게 할 때만이 무거움과 가벼움의 극단에서 벗어나 우리가 추구하는 소중한 가치에 무사히 다다를 수 있다. 그리고 그 여정마저 슬픔이 아닌 기쁨으로 채울 수 있다. **삶의 무거움을 떠안아 그것을 가벼운 아이러니(irony)로 바꿔 행복에 다다르는 힘. 그것이 키치가 아닌 진정한 삶의 예술이다.**

10.

박훈형 선생님의 인생책

1) 사랑에 관한 거의 모든 기술

– 호구의 사랑

2) 나의 아저씨

– 행복을 위해 발버둥 쳐라

1) 사랑에 관한 거의 모든 기술

- 호구의 사랑 -

당신은 사랑할 줄 아는가?

누구나 사랑을 하다 보면 고민에 빠지게 된다. 상대의 마음을 얻기 위해 무엇을 해야 할지, 잘 모른다. 뭔가 관계가 힘들 때 정답과 해결책을 찾을 수 없을 때도 있다. 사람과의 관계에는 객관식처럼 정답이 나와있지 않는 서술형 문제기 때문이다. 지인들에게 물어봐도 결론은 나지 않고 찝찝한 마음만을 느끼고 끝날 때도 많다. 이렇게 고민에 빠질 때 읽었으면 하는 책이 김달 작가의『사랑에 관한 거의 모든 기술』이다.

나는 연애를 하는 내내 수동적이었다. 나의 의견을 말해도 되는지 몰랐고, 표현할 줄 몰랐다. 상대로 인해 힘든 상황이 찾아와도 이별도, 타협도 보지 않고 묵묵히 있었다. 그게 옳은 줄 알았다. 상처받고, 마음이 떠나도 대화를 시작하거나 이별을 시작하는 게 잘못됐다고 생각했다. 마치, 렉 걸린 인터넷창을 꺼야 할지 기다려야 할지 모르는 것과 같았다. 지인들이 "대체 왜 안 헤어져?"라고 묻고는 했다. 헤어질 용기도 없었다. 내가 정답인지 몰랐다. 주도적으로, 능동적으로 사랑할 줄 몰랐다. 나를 갉아먹으며 참았다. 행복하지 못했고, 사랑하지 못했다. 이런 바보 같은 연애에서 벗어나는 방법과 마음을 이 책과 함께 찾을 수 있었다.

사랑이라는 문제는 교과서도 참고서도 없는 놈이다. 이런 내게 지인들은 각자의 삶을 이야기했다. 결국 자신의 주관만이 있을 뿐 정답은 없는 대화였다. 나는 정답을 원하는데 말이다. 이런 혼란 속에서 고른 책이 『사랑에 관한 거의 모든 기술』이었다. 작가의 주관을 최대한 빼고 담백하게 들려주는 수많은 이야기들이 나의 참고서가 되었다.

'연애와 결혼'은 성숙하게 해야 한다. 문제는 말만 쉽다는 것이다. 나의 시간과 경험은 제한적인데 어느 세월에 통달하여 현명한 사랑을 할 수 있겠는가. 김달 작가가 전해 주는 에세이는 성숙한 사랑을 보여 준다. 우리의 사랑으로 한 편의 영화를 찍는다고 생각해 보자. 영화마다 결말이 다르고, 과정이 다르다. 그렇기에 사람들은 호기심과 고민에 빠진다. 이 영화를 계속해서 찍는 것이 맞을지, 어떻게 찍어야 명작이 될 수 있을지 말이다. 감독들도 매번 달라지는 영화의 전개 속에서 어떤 연출과 대사가 적절할지 고뇌한다. 영화의 감독으로서 고민에 빠졌을 때 선배로서, 멘토로서, 상담가로서 우리의 영화를 같이 완성해 줄 연출가가 바로 이 책이다.

상처받지 않는 사랑은 없나요

이 책에서는 사랑에 어려움을 겪는 이들의 상황을 빌려 어떤 마음가짐과 태도로 사랑해야 할지 말해 준다. 단순히 이성에게 대시하는 방법이 아니라 연애의 시작부터 결혼의 종착까지 어떻게 나와 상대를 대해야 현명한 사랑이 될지, 매력 있는 사람이 되는 법부터 갈등의 원인과 해결, 결혼과 결혼 생활까지 사랑의 전체적인 과정을 다룬다. 90만 명의 독자층을 보유한 작가답게 수많은 일화들을 객관적이고 현명하게 풀어서 구체적으로 사랑하는 방법을 말해 준다.

김달 작가는 모든 문제의 해답을 나의 행복에서 찾는 관계 카운슬링 크리에이터이다. 그동안 만든 영상들의 누적 뷰는 4억 조회 수에 달한다고 한다. 사랑의 지향 목표인 나의 행복을 토대로 이야기를 들려주는 작가로, **나를 잃고 상처받지 않으면서 행복해질 수 있는 방법**을 얘기하는 작가다.

그 사람을 바꾸려 하지 마라

특히 내 마음을 울린 문장을 뽑자면 다음과 같다.

첫째, '그 사람을 바꾸려고 들지 마라.'와 '내 서운함을 받아줄 수 있는 사람인가 아닌가이다.'라는 두 문장이다. 사랑이라는 관계는 서로를 이해하는 것이지 억지로 이해시키는 것이 아니다. 서로 다른 점을 받아들일 수 있는 사람인 동시에 대화를 통해 서로를 이해할 수 있는 사람이어야 한다. 그래야 '내'가 행복해지기 때문이다. 무조건 맞춰 가며 타인만을 행복하게 하는 것은 올바른 사랑이 아니다. 요즘 사회는 '가스라이팅'이라는 용어가 유행하고 있다. 서로에게 강요를 함으로써 대화가 이루어지는 것이 아니라, 대화와 가치관의 결이 맞아 통할 수 있는 이를 만나야 한다. 일방적으로 상대에게 맞추거나, 나에게 맞추는 것을 원하는 마음은 사랑이 아니다.

나를 갉아먹는 사랑은 그만

둘째, '사랑의 정의를 스스로 다시 내려 보기를 바란다.'와 '사랑에 대해 좀 더 의연해질 필요가 있다.'이다. 그동안 내가 그리고 당신들이 겪어 온 사랑은 과연 사랑이 맞을까? 나를 갉아먹으면서까지 상대방을 위한 사랑을 하지는 않았는가? 나를 중심으로만 생각하지는 않았는가? 그릇된 선택을 하지 않았는지 정에 휩쓸려서 그릇된 선택을 하지 않았는지 생각해 볼 필요가 있다. 과거의 나는 사랑을 굉장히 두려워했다. 나에게도 상대에게도 확신을 갖지 못했다. 관계 속에서 행복하지 못하고 두려웠다. 이 두려움의 원인은 불안이다. 내가 과연 이 사랑을 시작하는 게 맞는지, 끝내는 게 맞는지, 얘기를 해 봐도 좋은지 불안하고 두려웠다. 이 불안을 이겨 내는 두 문장이다. 남들이 이야기하는 사랑이 아니라 당신만의 정의를 내리기를 바란다. 김달 작가의 조언과 나의 경험은 내게 사랑에 대한 정의를 내려주었다. 그 정의에 맞는 사람을 찾게 됐을 때, 얼마나 행복할지를 알려주었다. 내가 명명한 사랑을 주고받을 수 있는 사람을 만나, 가득 차는 마음을 당신도 느끼기를 바란다. 당신만의 사랑을 찾을 수 있기를 바란다.

셋째, '내가 이 사람과 결혼해서 평생 이걸 이해하면서 살 수 있을까?'이다. 연애의 종착지가 무조건 결혼이 아님을 안다. 다만, 결혼을 꿈꾸는 관계라면 적응하는 일상을 각오해야 한다. 하나 된 일상 속에서 사랑할 수 있는 상대를 찾아야 하는데, 우리의 사랑이 과연 그런 관계일까? 서로 배려할 수 있는 사람인지, 이해할 수 있는 사람인지를 확인해야 한다. 매일 반복되는 삶 속에서 현명히 사랑할 수 있는 이를 찾아야 한다.

길지 않은 삶을 살아왔으나 늘 사랑의 고민에 빠진 이들이 주위에 많았다. 사랑을 시작하지 못해 고민인 사람, 사랑을 끝내서 고민인 사람도 많았고 사랑하는 중에 상처와 슬픔을 느끼는 사람도 꽤 많았다. 아마도 성숙한 사랑을 하기에는 아직 미숙하기 때문이리라. 미숙하다면 연습하면 된다. 다만, 사랑과 사람은 연습하고 나면 되돌릴 수 없는 후회가 남을 수 있기에 처음부터 성숙한 만남이기를 바란다. 이러한 모순을 고민했다.

운전병으로 군대에 복무하던 시절, 모시던 대대장님께서는 내게 말씀하셨다.

"차를 처음 몰아 보면 여기저기 부딪히면서 배워야 하는데, 1호차 운전병(부대 내에서 가장 높은 분을 모시는 운전병)이라고 그러지 못해서 힘들지?"

사랑에 참고서가 있다면

사랑도 이와 같다. 여기저기 부딪히면서 배우면 좋겠지만 소중한 사람이기에, 수리가 쉽지 않은 것이 사랑이기에 조심해야 한다. 이런 상황에 처한 당신이라면 이 책을 반드시 추천하고 싶다. 인생길에 정답이 없지만, 어른의 초입에 들어서서 좀 더 성숙해지고 싶은 우리에게 참고서 하나가 있다면 든든한 어른과 동행하는 기분이 들지 않을까 한다.

2) 나의 아저씨

- 행복을 위해 발버둥 쳐라 -

행복이란 무엇일까?

사람들은 행복을 원한다. 행운의 네잎클로버보다 행복의 세잎클로버가 더 좋다고 한다. '그렇다면 행복이란 무엇일까?' 사람마다 다른 대답이 나온다. 돈, 명예, 건강, 사랑, 우정 등 각자의 가치관에 따라 다르다. 『나의 아저씨』의 작가 박해영 님처럼 나는 그 대답으로 '편안함'을 꼽는다.

친한 선배와 술잔을 기울이며 행복을 주제로 이야기를 나눈 적이 있다.

"형은 행복이 뭐라고 생각해요?"

"말도 안 되는 거지."

"왜요?"

"행복이란 목표를 달성하면 생기는데, 그럼 그다음 목표가 생기잖아.

무한히 반복될 수밖에 없는 부질없는 허상이지."

"그럴 수도 있겠네."

속으로 나는 생각했다.

'그렇게 끝없는 목표 달성이 행복이라면 평생 행복해질 수가 없겠는걸.'

나는 불행했다. 친구들과 신나게 놀다가도 그들이 떠나가면 공허하고 불행했다. 맛있는 걸 먹는 만족감도 살이 찌면 불행해진다. SNS 속 사람들은 모든 게 충분하고 행복해 보인다. 그들은 나와 달라 보인다. 이렇게 '나'를 보지 않고 '남'을 보니 점점 더 불행해졌다. 이런 나에게 행복의 나침반이 되어 준 것이 바로 이 책에서 말하는 **'편안함'**이라는 키워드이다.

'편안함이 어떻게 행복이 될 수 있을까?'

연예인 홍진경 씨의 말을 빌리자면 '누웠을 때 아무 걱정이 없는 상태가 행복한 상태'이다. 행복의 반대어를 떠올리자면 '스트레스'가 떠오른다. 걱정과 불안이라는 스트레스로부터 오는 정신적인 피폐함이 불행을 만든다. 역으로 얘기하자면 불편함이 없는 편안함이 바로 행복이다. 편안함에 다다르는 길은 쉽지 않다. 인간은 불완전하기에 늘 걱정거리를 안고 살아간다. 책 『나의 아저씨』는 불행한 인물들이 모여 편안함을 향해 나아가는 여정을 그리고 있다. 각자 다른 삶의 모습을 갖고 있기에 모두 다른 형태의 불안을 안고 살아가는 인물들이다. 나와 비슷한 인물 혹은 다른 인물들이 편안함을 향해 나아가는 과정을 보면서 그들의 삶에 깊이 공감했다.

그들은 어떻게 행복해졌나

박해영 작가는 〈나의 해방일지〉라는 유명한 드라마의 저자이기도 하다. 흔한 주제인 '사랑'이 아니라 '인간'에 초점을 맞춘 작품이다. 인간이란 무엇인지, 인간의 행복은 어떤 것인지 심층적인 고찰이 담겼다. 인간 군상들의 다양한 모습들이 나의 가치관을 확립하는 데 도움이 되었듯이 불안한 삶을 영위해 가는 현대인들에게도 큰 위로와 도움이 될 것이다.

『나의 아저씨』는 드라마로 제작이 되었는데 가수이자 배우인 아이유와 이선균 배우가 출연했다. 두 주연 외에도 힘든 삶을 살아가는 사람들이 등장한다. 그들이 불행한 이유는 빚, 관계, 직업 등 다양하지만 이들의 공통점은 현실에 안주하지 않고 '편안함'을 찾아간다는 것이다.

'이들은 각자 어떻게 편안함에 이르렀을까?' 등장인물들은 모두 각자의 삶에서 발버둥 친다. 나의 결핍을 채워 가면서, 서로의 결핍을 채워 주면서 말이다. 큰 욕심을 가지지 않는다. 하나의 꿈을 향해 나아가면서 노력하지만 목표를 달성했을 때 더 큰 목표를 꿈꾸지 않는다. 그리고 목표를 달성했을 때 다른 사람을 바라보지 않는다. 남의 시선과 나의 시선에서 자유로워진 상태로 편안해졌다. 편안함은 크게 어렵지 않다. **내가 추구하는 삶의 목표를 정하고, 다른 사람의 평가로부터 벗어나는 삶이 편안함을 준다.** 나의 길을 걸어가면서 나만의 행복을 누리는 방법이다.

주위에 정신과 약을 먹는 사람들이 늘어나고 있다. 한 대학 동기는 매일 동기들의 걱정을 받을 정도로 불안 속에서 살아가고 있다. 그는 늘 불만에 가득 차 있다. 불만에 가득 찬 삶은 슬퍼 보인다. 기쁜 일에 기뻐하지 못하고 슬픈 일에는 세상 누구보다 더 슬퍼한다. 남의 불행을 감히 가늠할 수 없지만, 제삼자가 봤을 때는 그렇게 힘들어할 일인지 의문이 들 정도다. 전화 통화는 불만을 얘기하는 시간이다. 그 친구가 편안해졌으면 좋겠다.

나도 그랬다. 동기와 크게 다르지 않게 불만이 많았다. 타인과 비교할 때마다 내 부족함은 더 커 보였다. 누구는 집을 샀고, 누구는 차를 샀다. 또 다른 누군가는 친구가 정말 많고 사랑받는 사람이다. 이런 식으로 내 목표에 집중하지 않고 남들만 바라보니 불만과 자기혐오가 늘어 갔다. 남들 부러워하기 바빴다.

'나는 이런데, 너는 그래?'

부정적인 생각은 나를 휘감았고, 나를 '불편한 사람'으로 만들었다. 불편했던 내게 『나의 아저씨』는 **'인생을 이렇게 살아 보세요.'**라는 메시지를 주었고 나는 행복해졌다. 정확히 말하면 편안해졌다. 행복하기 위해서, 큰 성공을 위해서 아등바등하지 않게 되었다. **타인과의 비교에서 벗어나**

나의 꿈을 향해 나아갈 뿐이니 크게 어렵지 않다.

먼저, 나의 결핍을 바라보았다. 나는 '성장'하고 싶었다. 그 주제가 광범위하다 보니 돈이 많은 사람, 공부를 잘하는 사람, 몸이 좋은 사람들이 모두 부러웠다. **나는 초점을 나로 돌렸다. 하나씩 성장해 가는 삶, 그것이 나에게는 편안함이다.** 사람마다 편안함을 가져다주는 키워드는 다를 것이다. 만약 불행하다고 생각하는 당신이 이 글을 본다면, 자신만의 행복의 키워드를 찾았으면 한다. 그 키워드를 찾고, 다른 사람에게 쏟을 에너지를 당신의 핵심에 기울이면 좋겠다. 그 행동이 편안함을 가져다줄 것이다.

초점을 나에게로 돌리니

'나는 불행한 사람이야.'라는 생각이 속에 가득 차면 불행해질 수밖에 없다. 주위를 바라보면 행복이 가득하다. 불행을 바라보고 있기에는 행복한 순간들이 너무 많다. 아주 작은 만족도 행복으로, 아주 작은 배려도 사랑으로 해석하며 나의 행복을 먼저 찾아보자. 길고 긴 인생을 나만의 편안함을 찾는 여정으로 만들어 보자.

부록

성찰글 모음

몇 달 동안 책을 씹어 먹었다.
인생책을 찾아 인상 깊은 문장을 찾고 나의 느낌과 성찰을
쓰는 과정이 쉽지는 않았지만 많은 생각을 하게 한 시간이었다.
그동안 가졌던 묵은 편견을 깨부수는 계기가 되었고
사람과 상황을 보는 마음이 한결 너그러워지고 단단해졌다.
여기 우리들의 고민과 새로운 마인드로 거듭나는 공부의 과정을 담아 보았다.

박훈형 선생님 『나도 다시 행복해질 수 있을까?』

박은경 선생님 『참을 수 없는 존재의 가벼움』

나유빈 선생님 『나도 다시 행복해질 수 있을까?』, 『불안의 서』

홍성길 선생님 『거인의 노트』, 『역행자』

김효민 선생님 『자기계발의 말들』

민유진 선생님 『나답게 살기 위한 글쓰기』, 『신경 끄기의 기술』

제　이 선생님 『어떻게 어린이를 사랑해야 하는가』, 『죽음의 수용소에서』

강경웅 선생님 『소유냐 존재냐』

임의현 선생님 『왕비와 수도사와 탐식가』, 『아크라 문서』

박훈형 선생님의 성찰글

◆ **교재 『나도 다시 행복해질 수 있을까?』**

◆ **핵심 키워드** 불안

◆ **인상 깊은 문장**

– 이 불안한 마음을 들킬까 봐 사람을 만나면 오히려 매우 자신 있는 듯 행동을 했다. 그럼에도 속으로는 떨렸다.

– 그들의 기대만큼 아닌 내 현실을 들킬까 봐 늘 불안했다.

◆ **나의 성찰**

– 늘 불안하다.

– 걱정이 많다.

– 인정 욕구가 강하다.

친구들이 늘 치켜세워 주던 고등학교 시절 때문이었을까? 그때 이후로 늘 인정에 목말랐다. 어느 집단에 가도 거기서 가장 잘하고 싶고, 나에게 실수하면 안 된다는 엄격한 기준까지 세워 놓았다.

난 완벽한 사람이 아님을 알고, 완벽할 수 없음을 명백히 알고 있음에도 나의 실수를 남들이 알 때마다 발가벗겨진 기분에 사로잡혔다. 인정욕구가 강함을 해결하기 위해서는 나 스스로 인정해 주면 되는데 말이다. 그 쉬운 걸 못하고 자신에게 채찍질만 가하고 있었으니 얼마나 많은 흉이 남았을까. 그 흉터에 발라 줘야 하는 약이 무엇인지 알면서도 직접 발라 주지는 못하고 있다. 비싼 돈을 받는 일도 아닌데 뭐 그리 주저하는지. 내가 나를 인정해 주고 사랑으로 꼭 안아 주는 날이 오기 바란다.

박은경 선생님의 성찰글

◆ **교재 『참을 수 없는 존재의 가벼움』**

◆ **인상 깊은 내용**

테레자는 자신의 반려견이었던 카레닌에 대해 느끼는 무조건적인 사랑과 비교하면 토마시에 대한 사랑은 조건적인 것이 아닌가 생각한다. 인간은 아무 힘이 없는 존재, 즉 동물들에게는 가차없이 잔인할 때가 많다. 그러나 이웃이나 연인에게는 친절과 애정을 베푸는데 그것이 순수한 사랑에 의한 것인지, 필요와 역학관계에 의한 것인지 그녀는 의심한다.

◆ **나의 성찰**

우리가 다른 사람에게 호의를 베풀거나 사랑하는 것은 타인을 위해서가 아니라 나를 위한 것인지도 모른다. 나에게 그 사람이 필요하거나 도움을 받고 싶을 때마다 우리는 그 사람이 좋아할 만한 행동을 하기 때문이다. **'내가 이렇게 해 주면 그 사람도 내게 이렇게 해 주겠지.'** 암묵적으로 합의된 적절한 대우를 기대한다. 그런데 그 기대에 미치지 못했을 땐 배신당했거나 이용당했다고 느낀다. 사랑이라고 말하지만 철저한 손익

계산이다.

과도한 기대를 갖고 누군가를 사랑한다면 나는 늘 억울할 수밖에 없다. 내가 생각한 것보다 돌아오는 것이 대부분은 적을 것이기 때문이다. 나의 기대가 어느 정도인지 상대방은 알 수도 없고 그만큼을 해 줘야 한다는 의무도 사실은 없다. 내가 좋은 사람이라고 생각했던 사람들은 내 기대보다 더 많이 해주는 사람들이었다. 즉, 내가 해준 것보다 더 많이 내어 주는 사람들이었다. 생각해 보니 난 나에게 이익이 되는 관계만을 추구해 온 셈이다. 그리고 **생각보다 많은 이들이 아무것도 아닌 나를 위해서** 불편과 불이익을 감수하고 **친절과 호의를 베풀어 주었다.** 이런 면에서 난 운이 좋았고 감사할 일이 많다.

나유빈 선생님의 성찰글

◆ **교재 『나도 다시 행복해질 수 있을까?』**

◆ **핵심 키워드** 각자의 다른 빛깔

◆ **인상 깊은 문장**

꽃들을 보면 제각기 다른 빛깔과 모양과 향기를 갖고 있다.

어느 누구를 더 아름답다고 하랴!

제각기 다른 모습이기에 점수를 매길 수 없다.

그냥 그대로 사랑스럽다.

◆ **나의 성찰**

'꽃들은 제각기 다른 빛깔과 모양과 향기를 가진다.'

아직 비교하는 눈을 버리지 못한 나는 걱정이다. "우선 애초에 저들은 다 꽃이었지만 만약 내가 꽃이 아니라 잡초라면 어떡하지?" 모든 생명체에는 각자의 의미와 사랑스러움이 있지만 난 길가에서 발에 차이는 풀이고 싶지 않았다. 이런 생각에 빠지는 날이면 땅굴 파는 내 모습에 또 실망하곤 한다.

어느 날, 어머니와 산책을 나섰다. 자연을 사랑하는 풀 박사, 나무 박사인 우리 어머니는 함께 걷던 길에 보이는 여러 식물을 설명해 주시는데 내 눈에는 대부분이 잡초로 보였다. 관리되지 않은 노지에 무성하게 자란 풀들이 참 억세고 조잡한데 어머니는 사랑스러운 시선으로 풀들의 이름과 특성을 말씀하신다. 모르는 식물을 만나면 소중하게 사진도 찍고 검색하여 이름을 써 두는 우리 어머니를 보면 존재의 귀중함을 느낀다.

'잡초이면 어떤가, 이를 이리 귀히 봐 주는 사람도 있고 **제 나름의 생명력으로 빛나는** 것을!'

나유빈 선생님의 성찰글

◆ **교재 『불안의 서』**

◆ **핵심 키워드** 어휘와 기억 속에 저장

◆ **인상 깊은 문장**

게다가 아름다운 나날은 항상 거기 있는 것이 아니라 어느새 사라져 버리고 만다. 그러므로 우리는 아름다운 나날을 풍요로운 어휘와 찬란한 기억 속에 저장해 두었다가, 어느 날엔가 텅 비고 허무한 바깥세상의 공허한 들판과 하늘에 화사한 꽃과 별들을, 아름다운 날들에 그랬던 것처럼 뿌려 주어야 하는 것이다.

◆ **나의 성찰**

'이때 참 재미있었지.'

좋은 기억이 담겨 있는 사진들을 바라보면 기분이 좋아진다. 사진은 좋은 추억의 매개이자 저장소이다. 사진 속의 장소와 사람들, 그때의 분위기, 날씨 등 좋았던 시간을 기억하면 입가에 미소가 어린다.

사진이 그때의 기억을 그대로 되살려 준다면, 글은 기억을 예쁘게 정리해 기록할 수 있다. 글에 내가 느꼈던 감정과 일들을 최대한으로 구현하여 아름다운 표현으로 기록해 두었다면 그때의 일은 실제보다도 더욱 화사하게 마음에 남아 환희와 감동을 준다.

이 화사함은 어느 어둑한 날을 밝혀 주는 빛이 되어 줄 것이다. 시간은 돌이킬 수 없고 그저 흘러간다. 붙잡아 둘 수 없는 이 시간들이 내가 미래의 나를 위해 예쁜 표현으로 재구성해 기록해 둔 것이 기억 속에 사실로 남아 존재한다는 점이 놀랍다. 기억은 내가 기록하는 대로 존재한다. 새삼스럽게 일기나 글의 힘이 강력하게 다가왔다. 삶이 내 뜻대로 되지 않고 괴로울 때 다시 꺼내 보도록 소중함을 적어 두자.

홍성길 선생님의 성찰글

◆ **교재 『거인의 노트』**

◆ **핵심 키워드** 그냥 쓰자!

◆ **인상 깊은 문장**

– 글은 매끄럽고 유려하게 쓰는 것이 아니라 나를 있는 그대로 표현하는 것이다. 완벽하게 쓰려고 하지 말자. 글은 얼마든지 다시 고칠 수 있다. 처음에는 미완성으로 쓰고 잘 고치면 된다.

– 듣는 것에 그치지 않고, 상대의 말을 이해한 후 내 말을 얹고, 거기에 다시 상대 말을 얹는 과정. 이런 대화의 주고받음이 이어진 결과로 새로운 세계가 열리는 감각. 이것을 기록해 축적해 나가는 경험. 이를 통해 책에서 얻는 것과는 또 다른 지식과 지혜를 얻게 될 것이다.

◆ **나의 성찰**

최근 나의 인생 책 쓰기 과정을 진행하면서 글쓰기를 하고 있다. 처음부터 글쓰기가 수월할 거라고는 생각하지 않았다. 마음 한편으로는 글을 잘 쓰고 싶다는 생각이었다. 이 책을 읽으며 글을 **완벽하게 쓰려는 욕심**

을 버리게 되었다. 이주현 작가님께서 퇴고 과정은 책을 출간하기 전까지 계속하는 것이라고 하셨다. 우선 글을 쓰고 다시 읽고 고쳐 가며 좋은 글을 완성하면 된다. 꾸준히 글을 쓰다 보면 느리지만 큰 발전이 있을 것이다.

대화를 기록하는 것도 성장에 큰 도움이 된다. 대화란 서로 이야기를 주고받는 행위이다. 여기서 서로 듣기만 해서도, 서로 이야기만 해서도 좋은 대화가 이루어질 수 없다. 상대방이 이야기하면 듣고 이야기의 맥락을 파악한 후, 적절한 피드백을 해야 원만한 대화가 된다. 이야기의 맥락을 파악하기 위해서는 이야기 속 핵심을 파악하는 것이 중요하다. 이를 위해 기록하는 행위가 도움이 된다. 핵심 **키워드를 기록하려고 집중하면 상대 이야기의 요지를 파악하는 데 도움이 된다.** 대화할 때도 메모하는 습관을 길러 봐야겠다.

홍성길 선생님의 성찰글

◆ **교재 『역행자』**

◆ **핵심 키워드** 정체성 형성

◆ **인상 깊은 문장**

– 정체성은 삶의 동기이다.(자청, 『역행자』, 웅진지식하우스, 115쪽)

– 정체성을 변화시킴으로써 본인만의 틀을 깨 버려야 한다. 정체성을 본인의 한계에 가두는 건 순리자들의 특징이다.(자청, 『역행자』, 웅진지식하우스, 121쪽)

– 뭔가를 더 잘하고 싶으면 결심을 할 게 아니라 환경부터 만드는 것이다. 자동으로 움직일 수밖에 없도록 세팅을 하면 나는 저절로 열심히 살게 된다.(자청, 『역행자』, 웅진지식하우스, 123쪽)

◆ **나의 성찰**

– 매슬로우의 욕구 5단계 이론이 있다. 간단히 설명하자면, 인간은 크게 다섯 가지 욕구를 추구하고 그 욕구 간에는 단계가 있다는 이론이다. 나는 우리가 상위 단계의 욕구를 추구할수록 저자가 말하는

역행자가 될 수 있다고 생각한다. 상위 욕구를 추구하려면 오늘 읽은 정체성 확립이 정말 중요한 것 같다. 작가는 **정체성 형성을 위한 방법**으로 크게 3가지를 소개한다.

1. **독서를 통한 간접 경험:** 독서의 중요성은 익히 알고 있었고 독서를 통해 시공간을 초월한 많은 통찰을 얻을 수 있다.

2. **환경 설정하기:** 운동을 꾸준히 하지 못해 고민이던 나는 운동 잘하는 친구에게 조언을 구했다. 친구는 말했다. "그냥 가! 운동 안 하고 샤워만 하고 오더라도 그냥 헬스장에 가." 환경의 중요성이다. 굳이 돈을 내면서 공부하러 독서실을 가고, 운동하러 헬스장을 가는 것 또한 강제적으로 환경을 만드는 것이다. 몸은 편안함을 추구한다. 그러니 습관화되기까지 환경 세팅이 절대적으로 필요하다.

3. **집단무의식:** 나는 경제적 자유에 관심이 많아 부동산, 주식 등을 공부하고 있다. 부동산에서 사람들이 선호하는 곳은 교통과 시설이 좋은 곳이다. 그 중에서도 학군지를 선호하고 대부분의 대장지역은 그 지역의 학군지이다. 옛 고사 성어 '맹모삼천지교(孟母三遷之敎)'라는 말이 있듯 우리는 내 주변 사람들과의 관계에서 많은 것을 얻는다. 즉, 인적네트워크를 사람들이 중요하게 여긴다는 의미이다. 어느 집

단에 속하느냐에 따라 그 집단에서 무의식적으로 영향을 받게 된다. 그래서 나는 긍정적인 자극을 서로 주고받을 수 있는 모임에 속해 성장하고 싶다.

김효민 선생님의 성찰글

◆ **교재 『자기계발의 말들』**

◆ **핵심 키워드** 내가 만들 이야기

◆ **인상 깊은 문장**

그때 크게 깨달았다.

내가 세상을 향해 가진 **관심이 곧 내가 만들 이야기가 된다**는 것을.

스토리 창작이 어려웠던 것은 세상을 향한 관심보다 나 자신에 대한 관심이 지배적이었기 때문이라는 것을.

(재수, 『자기계발의 말들』, 유유, 127쪽)

◆ **나의 성찰**

내가 **세상을 향해 가진 관심이 곧 내가 만들 이야기가 된다.** 내가 무엇을 보고 있느냐에 따라 내가 만들어 내는 결과물도 달라진다. 창작을 해내고 싶다는 마음은 깊지만, 무엇을 만들어야 할지 모르겠다. 목표가 우선되고 그 지점을 향해 나아가는 것이 아니라, 욕구를 먼저 인식한 뒤에 그것을 채우고 싶다는 방향으로 생각이 나아가니 무엇을 해야 할지 갈피를 잡지 못하고 있는 듯하다. 지금도 나의 결핍, 나의 생각, 나의 세상에 시선이 향해 있는데 이 시선을 세상으로 돌린다면 쓰고 싶은 이야기가 생길까?

교사로 살아가는 세상은 나에게 지나치게 좁다. 외부의 시선으로는 우물 안의 개구리라고 할 수 있겠지만, 생활하는 직업인으로서 삶 또한 무시할 수 없으니 적어도 하루의 3분의 1은 학교라는 공간에 집중해야 하는 것이 운명이다. 그렇다면 나를 둘러싼 학교를 이야기하는 것이 가장 쉬운 일일 것이다. 그렇지만 나는 의식적으로 **학교 외의 세상에서 무엇이든 찾고 이야기하고 싶다.** 그러다 보니 할 수 있는 이야기가 없어진 것일까? 더 넓은 세상을 찾아야 할까?

교사로도 초보 티를 벗지 못한 채 새로운 세상을 찾는 것이 두 마리 토끼를 모두 놓치는 일인지 걱정도 된다. 어떤 세상에 나를 옮겨 두어야 내가 납득할 수 있는 이야기가 나올지 아직은 그 실마리가 모호하다.

민유진 선생님의 성찰글

◆ **교재 『나답게 살기 위한 글쓰기』**

◆ **핵심 키워드** 나다운 글쓰기

◆ **인상 깊은 문장**

– 글을 쓰는 사람은 사유해야 한다. 여러 방향에서 두루 살피려는 시선만으로도 글쓰기에 충분한 도움이 된다.

– 읽고 쓰는 마음에 중요한 것을 꼽으라고 하면 3가지를 말하겠다.
하나, 작가에 대한 의심을 거두고 책에 쓰인 그대로를 받아들일 것.
둘, 진솔한 글을 쓸 것.
셋, 사람과 상황을 글로 포장하지 않을 것.

◆ **나의 성찰**

챗GPT에 "너는 어떤 사람이야, 어떠한 글을 써 줘."라고 입력하면 3초 안에 글을 한 편 뚝딱 써 주는 세상이다. 챗GPT의 등장 이후, 교실에서 학생들을 보면서 '이제 이 친구들에게 논설문 쓰기 수업 따위는 필요 없지 않을까?'라는 생각을 한 적이 있다. 나중에 필요한 글은 챗GPT

가 다 써 줄 텐데 머리 아프게 아이들의 글을 첨삭해 줄 필요가 있는지에 대해서도 의문이었다. (당연히 다 해 줬지만) 그러나 중요한 것이 있다. 챗GPT는 그저 학습해서 흉내 낼 뿐이다. 사골 진액처럼 진하게 한 사람의 인생을 녹인 글을 쓸 수 없다. '나다운 글쓰기'를 할 수 없다. 수많은 고뇌 끝에 탄생한 가슴에 박히는 하나의 문장을 쓸 수는 없다.

어떻든 프롬프트를 자세히 작성해 주면 챗gpt가 어느 정도의 훌륭한 글을 흉내 내어 쓸 수 있다는 것은 사실이다. 그러니 내가 고민 없이 어설프게 글을 쓰면 인공지능만도 못한 글쓰기가 될 수도 있다. 인간끼리 경쟁하기도 피곤한데, 인공지능과도 경쟁해야 한다니, 아무래도 시대를 잘못 타고났다. 사람은 사람답게 글을 쓰기 위해 노력해야 한다. 독서와 글쓰기가 완전한 내 삶이 되어 한 몸이 되도록 말이다. 나도 언젠가는 사람들에게 깊은 울림을 줄 수 있는 글을 쓸 것이라 다짐해 본다.

민유진 선생님의 성찰글

◆ **교재 『신경 끄기의 기술』**

◆ **핵심 키워드** 자기계발의 진실

◆ **인상 깊은 문장**

– 인생에 관해 사람들이 흔히 떠들어대는 조언(긍정과 행복으로 가득찬 자기계발 요령)은 사실 우리에게 '부족한 것'에 초점을 맞추고 있다.

– 긍정적인 마음으로 최고와 최상을 부르짖다 보면, 우리는 반대되는 것들만을 떠올리게 된다.

◆ **나의 성찰**

나는 자기계발서를 좋아한다. 책을 다 읽고 덮었을 때 명확한 것이 머릿속에 남는 기분이 좋다. 미라클 모닝을 해라, 감사 일기를 써라, 경제신문을 읽어라, 많은 책이 '해야 할 것'에 초점을 맞추고 더 나아지기 위해 무언가 해 보길 권한다. 그러나 『신경 끄기의 기술』은 그 반대다. 긍정의 마음으로 **최고와 최상을 부르짖다 보면** 나와 어긋나는 것, 부족한 것, 이루지 못한 것에 더욱 신경을 쓰게 된다. 이는 결국 **정신 건강에 해롭**

다. 좋은 삶을 살려면 더 많은 것에 신경을 쓰는 것이 아니라 더 적게 신경 써야 한다고 한다.

글쓴이의 생각에 전적으로 동감하는 바는 아니지만, 인생에서 중요한 문제, 더 나은 가치에 신경 써야 한다는 관점에는 매우 동의한다. '냄비근성'이라는 말이 있다. 냄비처럼 금방 끓고 금방 식는다는 뜻이다. 우리나라 사람들의 국민성을 표현할 때 자주 쓰이는 말이다. 군중의 관심사를 따라 뜨겁게 타올랐다가, 또 군중을 따라 새로운 관심거리에 열중하는 양상을 보인다. 중요하지 않은 문제에 너무 많은 관심을 보이고 에너지를 소비한다. 이는 더 나은 삶에 결코 도움이 되지 않는다. 나 또한 유행에 민감했고 뒤처지지 않기 위해 노력하곤 했다. 하지만 이제 그런 것이 내 인생에 도움이 되지 않는다는 사실을 깨달았다. 살아가면서 더 가치 있는 것을 찾아 집중해야겠다.

제이 선생님의 성찰글

◆ **교재 『어떻게 어린이를 사랑해야 하는가』**

◆ **핵심 키워드** 불균형의 나이

◆ **인상 깊은 문장**

체중 곡선을 관찰해 보면 우리는 이 연령기의 특징인 피곤함과 서투름, 나태함, 졸림, 불안한 목소리, 창백함, 늦잠, 의지박약, 변덕스러운 속성과 우유부단함과 같은 징후들을 이해할 수 있다. 우리는 이것을 비슷한 이전 단계와 구분하기 위해 '불균형'의 나이라고 부르자.

◆ **나의 성찰**

우리 반에는 거의 감긴 눈으로 일 년 내내 졸려 하는 아이가 있다. 최근 들어서는 이런 '불균형'의 증상이 보이는 아이들이 많아졌다. 전염이라도 된 것 마냥, 어제는 이 친구 오늘은 저 친구 번갈아 왔다 갔다 증상을 앓는다. 그들을 '깨우려고' 어깨를 툭툭 치거나 어제 늦잠 잤냐며 부드럽게 말을 걸어 본다. 때로는 화를 냈다. 바쁘거나 마음에 틈이 없는 날에는 아무런 예고도 없이 일어나라고 소리쳤다.

나도 어린이 시절이 있었는데 그때 그 불균형의 시기가 얼마나 오래가는지 잊어버리고 그렇게 어른티를 팍팍 냈다. 그래서 이런 책을 읽어야 하는가 보다. 내 어린 시절은 거기에 두고 왔기에 그들을 이해하려면 다시금 어린 시절을 상기시켜 주는 글들을 읽어야 한다. 이게 내가 **어린이들에게 예의를 갖추려고 노력하는 방법**이다.

제이 선생님의 성찰글

◆ **교재 『죽음의 수용소에서』**

◆ **핵심 키워드** 살려고 하는 자는 죽고, 죽으려고 하는 자는 산다

◆ **인상 깊은 문장**

「테헤란에서의 죽음」

그들은 자기 자신을 구하기 위해 발버둥 쳤지만, 결국 자신의 정해진 운명을 확인하는 데 그쳤을 뿐이다.

◆ **나의 성찰**

운명에서 도망치려고 하면 죽는 건가?

운명을 받아들이되 그 운명 안에서 내가 할 수 있는 가치 있는 일을 해야 할까?

「테헤란에서의 죽음」 이야기를 읽고 처음에는 이해하지 못했다. 하지만 곧 하인이 주인을 위해 대신 죽으려 했다는 것을 깨달았다. 소름 끼쳤다. 내가 나의 교직을 벗어나려고 발버둥 칠 때는 괴로웠다. 내 운명이 저주스러웠다. 하지만 받아들이고 오히려 뜻을 찾으려고 하자 안정이 찾아왔다.

이순신 장군의 말을 빌려 요약하면 이렇다.

'살려고 (나 좋으려고) 하기보다는 죽으려는(내가 쓰이는 길을 찾으려는) 자세로 살아가는 게 맞다'는 걸 이제 깨달아가는 중이다.

살려고 하기보다는

죽으려는 자세로

살아가는 게

맞다!

강경웅 선생님의 성찰글

◆ **교재 『소유냐 존재냐』**

◆ **핵심 키워드** 소유

◆ **나의 성찰**

"네 마음을 갖고 싶어."

누군가에게는 사랑을 얻기 위한 격한 몸짓이자 말이라고 느낄 수 있다. 하지만 이 말에는 두 가지의 오류가 있다. 첫째는 다른 사람의 마음을 탐한 점이다. 그리고 둘째는 마음이란 것은 가질 수 있는 소유의 '대상'이 아니라는 점이다.

이외에도 우리는 희망을 '하고' 있지 않고, 희망을 '갖는다'라고 말하기도 한다. 또한 고민을 '하고' 있지 않고, 고민을 '갖는다'라고 표현하기도 한다.

우리는 이처럼 나도 모르게 물질을 넘어 감정, 생각마저도 '소유'하려고 한다.

이것은 우리가 요즘 소유적 실존 양식이란 땅 위에서 자연스레 삶을 살아가기 때문이다. 현재의 우리는 무언가 대상을 소유하는 개념 자체가 숨 쉬듯 익숙하다. 그렇기에 우리의 시선은 자연스레 우리의 내면보다는, 밖의 외부의 것들로 향하기 마련이다. 내가 무엇을 느끼고 경험하는지보다는, 무엇을 또 가질지에 자연스레 눈길이 가게 된다.

그렇게 소유한 것들이 '나'가 되기 때문에 소비 또한 결국 '나'와 직결된다. 이는 내가 '소유'한 것들이 자연스레 '소비'의 대상이 되기 때문이다. 문제는 이러한 소비조차도 시선이 내면이 아닌 외부의 시선을 바탕으로 한 소유를 기초로 하게 된다는 점이다. 이는 자율적 소비가 아닌 타인과 사회의 시선으로 이루어지는 타율적 소비들이 주를 이루기 때문에 더욱 문제가 된다.

세상은 나로부터 출발하며 그 끝 또한 나이다. 그렇기에 우리는 세상 속에서 무엇을 가질 지나 비칠지에 대해 관심과 마음의 눈길을 거두어야 한다. 대신 그 눈길, 내가 어떤 존재인지에 대해 내 마음을 차분히 응시해야 하지 않을까.

임의현 선생님의 성찰글

◆ **교재 『왕비와 수도사와 탐식가』**

◆ **핵심 키워드** 실존

◆ **인상 깊은 문장**

밤낮으로 우리는 행복과 쾌락, 성장과 소비를 찬양하는 그런 노래들 속에 빠져 있소. 짐의 마음은 얼어붙은 것 같고 그래서 무언가 다른 것을 찾고 있소. 별들은 수도 없이 많지만, 태양은 단 하나뿐이지 않소. 짐이 가장 원하는 것은 바로 삶의 발견이오. 진정한 삶 말이오.

◆ **나의 성찰**

우리는 왜 살아가는가?

'사람은 무엇으로 사는가'에 대해 일찍이 톨스토이는 '사랑'이라 답한 적이 있다. 세간에 넘쳐흐르는 사랑 노래도 어렴풋이 인간 존재의 근간에 사랑이 있음을 암시하는 집단 무의식의 표현인지도 모른다. 그러니 마땅히 다음 질문은 이렇게 던져야 한다. **'우리는 무엇을 사랑하는가?'**

몽골은 도심을 벗어나면 밤하늘의 아름다운 별을 얼마든지 볼 수 있다. 여행하는 사람은 인터넷도, 전기도 없고 디지털 문화에서 벗어나 자연스레 자신의 인생을 말하게 된다. '사랑'에 대한 가치관도 연애 상대로 올바른 인간상에 대한 거침없는 토론도, 연애하지 않는 삶을 논하기도 했다. 그때 의아하게도 '어떻게 연애 세포를 깨워 줄 수 있을까'란 말을 들었다. 우리는 무엇을 사랑하는 것인가? 인간이 사랑 없이 살 수 없다면, 연애를 하지 않음은 삶을 제대로 누리지 못함의 표상인가?

연애 외에 나는 기꺼이 내가 사랑하는 것을 얼마든지 펼쳐 놓을 수 있다. 별똥별을 사랑하고, 아직 떠오르지 않은 태양을 사랑한다. 다채롭게 변화하는 **사춘기 아이들을 사랑하고, 나의 지혜를 자극하는 어려운 문제들을 사랑한다.** 끝없이 도전하는 인간의 집단을 사랑하며 나아가 사랑을 실천하는 인류를 사랑한다. 진정한 삶이란 사회적 합의의 답이 아닌 오롯이 내면의 목소리에 귀 기울여 답을 찾아야 한다. '나는 무엇을 사랑하는가?'

임의현 선생님의 성찰글

◆ **교재 『아크라 문서』**

◆ **핵심 키워드** 패배

◆ **인상 깊은 문장**

우리는 실패를 선택했을 때에야 비로소 패배를 맛본다. 무릎이 꺾일지언정 끝없이 나아가는 자는 패배자가 아니라, 꿈꾸는 자이다.

◆ **나의 성찰**

내 수업은 **패배의 연속**이었다!

나의 교직 생활 첫해는 패배로 점철되어 있다. 그해 우리 반 아이들은 객관적으로 보아도 지독히 힘든 아이들이었다. 남자가 20명, 여자가 4명이라는 극악의 성비와, 작은 학교라는 페널티가 더해져 초임 교사가 도저히 맡을 수 없는 상태였다. **햇병아리 교사인 나는 매일 패배했다.** 어떤 말을 해도 듣지 않고, 조용히 하라 소리쳐도 아무도 신경조차 쓰지 않는 교실 속에서 어떻게 그런 열정이 피어났는지 나는 모든 시간을 수업 연구에 매진했다. 관리자가 가진 일말의 양심 덕에 작은 학교에서 있을 수 없는 아주 쉬운 업무만 맡았던 터라 방과 후에는 매일 수업을 고민할 수 있었다. 어떻게 하면 저 말도 안 되는 아이들이 내 수업을 듣게 할까? 그러나 아이들은 듣지 않았다. 모든 수업을 튕겨 내는 아이들 앞에서 나는 늘 자존감이 깎여 나가는 패배자였다.

그러나 한순간, **그해를 빛나게 했던 한순간이 있었다.** 2학기의 어느 날, 공개수업을 위해 더욱더 심혈을 기울여 수업을 준비한 날이었다. 6학년임에도 글씨조차 쓰지 않으려 하는 아이들에게 수없이 시달린 탓인지 스티커를 붙여 이야기 줄거리를 정리하는 방안을 떠올렸고, 그나마도 모둠별로 자료를 주어 어떻게든 손 놓고 있는 아이들이 없도록 안배했다.

시트지에 인쇄하고, 활동지를 큼직하게 뽑고, 뮤지컬 영상을 보여 주기도 했다. 중간중간 영상 내용을 정리해 주는 온갖 노력을 퍼부어 준비했지만 사실 큰 기대는 하지 않았다. 일상을 패배자로 살았으므로 그날도 최선을 다했다는 사실만 방패로 삼으려 했다. 그런데 놀랍게도! 아이들이 스티커를 떼어 올바르게 붙여 주었다. 장난치며 던지는 일도 없이 **온전히 수업에 몰입하는 순간을 보았다!** 이후 개인별로 뒷이야기를 이어 쓰는 수업에서도, 처음으로 아이들이 모두 한바닥씩 가득 적어 제출했다. 그 순간을 아직도 잊지 못한다. **내 패배의 한 해 동안 처음이자 유일하게 거둔 승리였다.** 그리고 이제야 나는 그 승리가 우연의 일치가 아닌, 내가 실패를 선택하지 않았기 때문임을 안다.

집필 후기

홍성길 선생님

매해 연말이 되면 열심히 살아왔지만 어떻게 살아왔는지 기억이 나지 않아 아쉬웠고 항상 내 생각이나 흔적을 남기고 싶었습니다. 우연한 기회에 교사 커뮤니티를 통해 책 쓰기 모임에 참여하게 되었습니다. 평소 책을 많이 읽지 않았고 읽더라도 그냥 읽기만 했지, 책 내용에 대한 나의 생각을 정리해 본 적은 없었습니다.

나의 인생책을 찾기 위해 9명의 선생님들과 함께 책도 읽고 이야기도 나누니 의지도 되고 포기하지 않고 끝까지 해낼 수 있었습니다. 책 쓰기 과정을 통해 **'나도 할 수 있다.'는 자신감과 내면 속 나와의 깊은 대화를 나눌 수 있었습니다.** 이번 책 쓰기 과정을 계기로 글쓰기에 흥미를 느끼게 되었고 학급 아이들과 함께 책을 나누는 교사가 되려고 합니다. 함께 책을 펴낸 9명의 선생님들! 책이 나오기까지 많은 도움을 주신 이주현 작가님! 함께하여 너무 감사하고 더 좋은 일로 만나기를 기원합니다.

박은경 선생님

어릴 적부터 작가가 꿈이었던 내가 그저 책 쓰는 방법에 대해 알아볼까 하고 시작한 독서 모임이 나에겐 정말 큰 변화를 가져다주었다. 『참을 수 없는 존재의 가벼움』의 테레자를 통해 나 자신을 돌아보게 되었기 때문이다. 그녀의 순수함과 진지함은 물론 가치 있지만, 그 무거움이 토마시를 파괴시킨 것처럼 **내 무거움이 주변 사람들을 얼마나 질식시키고 있었는지**를 깨닫게 되었다. 내가 지켜내려 골몰했던 어떤 것이 퍼즐의 한 조각일 뿐이고 전체 그림은 내 예상과는 전혀 달랐다는 것도.

정말 중요한 것을 지키려면 박제시키는 것이 아니라 변화하고 적응해야 한다. 그러기 위해서 앞으로는 **춤추듯 가볍게 살아 보고자 한다.** 이 책을 읽는 분들도 인생을 변화시키는 것까지는 아니더라도 마음에 점 하나를 찍을 수 있는 그런 책을 만나길 바란다.

나유빈 선생님

나는 삶이란 흘러가는 대로 해초처럼 부드럽게 물결을 타는 것이리라 생각했다. 흘러가는 대로 사는 건 참 편했다. 그리고 명백히 수동적이었다. 그러나 그저 물살에 흔들리며 사니 내가 어찌할 수 없는 큰 파도가 덮친다면 원치 않는 곳으로 흘러가 썩어 버릴 수도 있다는 걸 알게 되었다.

이번 기회로 선생님들과 함께 책을 읽고 글을 쓰면서 마음의 변화를 느꼈다. **수동이 아니라 능동의 삶으로 전환할 수 있는 방향키를** 손에 쥔 계기가 되었다. 앞날을 고민하는 삶이 불안하고 고단하지만, 물살에 떠내려가는 게 아니라 주도적으로 헤엄쳐가는 삶의 시작이다. 글을 쓰며 '헤엄치는 삶'으로 한 발짝 나섰다. 내 앞날을 마주 보며 내 의지로 서핑할 마음을 다졌다. 파도를 타다 엎어지기도 하겠지만 그래도 즐거운, 느려도 내가 움직이는 삶으로 나아가기로.

제이 선생님

'내 글이 가치가 있나?' 출판사에 원고를 제출하면서도, 이주현 작가님의 독촉을 받으며 후기를 쓰고 있는 지금도 여전히 의문이다. 작년 10월 '책 쓰기 작가 모집' 홍보 글을 읽으며 마음속 어딘가에서 두근두근 올라오는 불꽃을 느꼈다. 그동안 꾹 누르고 감춰 왔던 나를 보여 주고 싶다는 생각이 들었고 망설임 없이 지원했다. 현실에서 나를 드러내 보이는 건 어려웠지만 글이라면 용기 내 도전해 볼 수 있을 것 같았다. 나의 이야기를 글자라는 방패 뒤에서 조심스러우면서도 과감하게 꺼내 보고 싶었다.

석 달 정도 책을 읽고 나의 삶과 생각을 돌아봤다. 한 권의 책을 꼭꼭 씹어 읽으며 **'내가 내 인생을 정말 제대로 살아보고 싶구나!'** 하고 감동하기도 했고, '이게 맞나?' 수백 번의 의심도 들었다. 10명의 예비 작가들이 모여 자신의 인생책을 소개하는 자리에서 알았다. '다들 불안하고 다들 잘하고 싶어 하는구나.' 그래서 인생을 살아가는 우리 모두에게 **위로가 필요할 때 꺼내 읽을 수 있는 인생 책 한 권쯤은 필요**한 것 같다. 안면도 없던 우리가 인생을 잘 살고 싶다는 의도 하나로 엮어 낸 이 책을 읽은 **단 한 명의 누군가라도, 할 수 있다는 자신감을 얻었다면 이 책은 성공한**

거다. 책 쓰기 모임을 이끌어 주신 이주현 작가님과 함께한 9명의 선생님들께 진심으로 감사드립니다. 출판의 영광은 더 나은 교육을 위해 애쓰시는 모든 교육자, 교육계 종사자분들께 돌립니다.

임의현 선생님

대전 중앙로 지하상가 끝에 '천 원 무인 책방'이 있습니다. 낡은 책이 가득한 곳에서 추억 여행을 하다 어릴 적 마음을 흔들어 놓았던 책을 여럿 발견했습니다. 이전에는 이 **책들이 제 인생의 나침반이 되어** 주었는데, 삶이 바쁜 지금 정작 중요한 이정표에서 너무나 멀어졌다는 사실을 깨달았습니다. 이주현 작가님이 이끌어 주시는 책 쓰기 모임에서 내 인생의 중요한 책을 재독하며 다시 지도를 펴 방향을 잡고 **살아갈 힘을 얻었습니다.** 함께해 주신 9명의 선생님께서도 분명 그러하셨겠지요. 좋은 기회를 주신 작가님과 열정 넘치게 달려온 선생님들께 감사의 인사를 남깁니다. 이 힘을 이어받아 독자 여러분도 자신의 인생책을 되짚고 진정한 삶을 일굴 에너지를 얻길 바랍니다.

김효민 선생님

어떻게 하면 행복해질 수 있을까? 아니, 행복은 대체 어떻게 오는 것일까? 같은 고민이 한창이던 때였다. 흘러가듯 살던 중 맞닥뜨린 고비에, 갈 길을 잃고 헤매었다. 그러던 중 우연히 만난 글쓰기라는 치유 과정을 통해 나를 되돌아볼 수 있었고, 꾸준히 책을 읽으며 좁았던 나의 세상을 더욱 넓힐 수 있었다. 매일 책을 읽고 글을 쓰는 습관이 쉽지 않았지만, 이 과정을 통해 만난 **여러 책과 내가 쓴 글이 나에게 든든한 거름이 되어 줄** 것을 믿는다. 앞으로도 이 마음을 잊지 않고 나를 사랑하는 글쓰기를 꾸준히 해 나갈 것이다.

사람들은 삶을 살아가며 각자의 삶에서 다양한 관점으로 그들의 세상을 바라보고 이해한다. 어부는 바다를 통해 삶을 배우고, 심마니는 산을 통해 삶을 배우고, 선생님은 아이들을 통해 삶을 배운다. 그리고 나는 책이란 창을 통해서 세상을 바라보고 이해한다.

강경웅 선생님

세상을 바라보는 창에 정답은 없다. 하지만 어릴 때 은사님이 학생의 삶에 큰 영향을 줄 수 있듯이, 많은 책 가운데 뽑은 인생책은 한 사람의 인생에 있어 **큰 울림을 만들어 줄 수 있다.**

그 울림이 스스로에게서 끝나는 것이 아니라 주변 이들에게도 자연스레 퍼져 나가기에 내가 어떤 울림을 만나고 전달하게 되는지가 중요하다고 생각한다. 이때 사람마다 각자의 취향이 다르듯, 각자가 느끼는 울림의 진동이나 형태는 다르게 다가올 것이다. 좋아하는 노래가 무엇인지 100명에게 물어보면 각자의 답이 다르듯 말이다. 하지만 중요한 것은 노래가 다르다는 것이 아니라 그 이유가 다르다는 것이다. 100명이 좋아하는 노래에는 '그들만의 이유'가 담겨 있다. 우리의 삶 또한 자신만의 그 '이유'들을 찾는 과정이 아닐까?

앞서 여러분들에게 보인 인생책 『연금술사』와 『소유냐 존재냐』는 나만의 산이요, 바다요, 아이들이요, 책이요, 그리고 나만의 뮤즈이다. 나에게 이 책이 특별한 이유는 '꿈'과 '존재'라는 것들이 '나'에게 의미 있게 다가와 피어났기 때문이다.

이처럼 이 울림을 느끼고, 여러분들만의 울림과 소리를 만들었으면 좋겠다. 여러분들만의 산과, 바다와, 아이들과, 인생책과, 그리고 뮤즈를 만났으면 한다. 이 책 속의 글들로 어딘가에 있을 여러분들의 인생책까지 닿도록 물결이 만들어진다면 더더욱 감사할 것이다. 여러분들의 그 여정이 언제나 속초의 푸른 동해 바다처럼, 그 깊이를 알 수 없을 만큼 **가득 찬 위안과 무엇인가를 얻기 기원한다.**

이주현 선생님

세상은 빠르게 변화한다. 그 와중에 굳건하게 서서 중심을 지킬 수 있게 하는 한 권의 책이 있다면 얼마나 든든하겠는가? 바른 가치들이 사라지는 이 시대에, 교권마저 무너져 내리는 아픈 상황에서 교사들의 운명과 사명과 희망을 생각했다. 한겨울처럼 각박해진 우리 사회의 한 모퉁이에서 그래도 사랑과 열정으로 아이들을 바르게 키우려 애쓰는 교사들의 손을 꼭 잡아 잠시나마 따뜻이 녹여 주고 싶었다. 그래도 교사는 전문가여야 하고 사랑으로 아이들을 안아 주어야 한다고 외치는 선생님들이 계셔서 아직 대한민국은 살아 있다고 말하고 싶다.